SAM

© 2020 RIMIQUEN

Édition : BoD – Books on Demand

12/14 rond-point des Champs-Élysées, 75008 Paris

Impression : BoD – Books on Demand,

Norderstedt, Allemagne

ISBN : 9782322224074

Dépôt légal : Mai 2020

CHAPITRE I

Une chaleur intense régnait dans l'habitacle de son vieux pick-up. Sawyer poussa un juron, mais pourquoi le gardait-il ? Il gagnait bien sa vie, il aurait pu se prendre un modèle dernier cri. Oui mais voilà, il était attaché à ce vieux tas de ferraille tout rouillé. C'était le véhicule de son mentor, le seul homme pour qui il avait éprouvé une affection sincère. Pour Sawyer le vieux Buddy avait été un père génial, en tout cas, plus que son propre bon à rien de géniteur.

Il freina brusquement devant un bâtiment tout aussi vétuste que sa voiture, un nuage de poussière s'éleva. Sawyer s'essuya le front avec sa manche. Jamais le Texas n'avait connu un mois d'avril aussi chaud. Il s'étira tout heureux, la matinée avait été fructueuse, il venait d'acheter deux maisons aux enchères, et donc beaucoup de travail en perspective pour son équipe. Sa société était florissante, il pouvait être fier de lui.

C'était Buddy qui lui avait tout appris, cette vieille tête de mule lui manquait, et comme à chaque fois qu'il pensait à lui, Sawyer sentit sa gorge se serrer. Ce vieux cow-boy avait monté cette société dans les années cinquante. N'ayant ni enfant ni famille, il l'avait considéré comme son propre fils, lui apprenant toutes les ficelles du métier et lui laissant tout en héritage.

Ce furent des aboiements bruyants qui tirèrent Sawyer de sa mélancolie, il n'aimait pas s'appesantir sur le passé, Buddy lui avait enseigné de toujours regarder vers l'avant. Il répétait sans cesse qu'un cow-boy ne pleure jamais, qu'il tombe et se relève pour mieux repartir, et Sawyer voulait que de là-haut son ami soit fier de lui. Il avança d'un pas nonchalant vers le bureau, il avait promis à sa tante Meg de venir la chercher à l'heure convenue au refuge « La seconde chance ». À chaque fois qu'il voyait ce panneau cela le faisait sourire, car après tout Buddy aussi avait été sa deuxième chance.

Il entendit la voix de sa tante et celle de Cassie la responsable du refuge. Celle-ci était arrivée à Woodway un an auparavant, laissant tomber sa carrière prometteuse à New-York pour s'occuper des animaux en détresse. C'était une jeune femme de vingt-huit ans, une jolie brune aux yeux bleus. Sa tante ne cessait de vanter ses qualités, mais Sawyer se sentait intimidé, inférieur, il n'aurait pu l'exprimer clairement mais elle l'impressionnait. En cow-boy bien éduqué, il toqua sur la porte et les salua en ôtant son chapeau, encore une chose que le vieux Buddy lui avait appris.

- Ah ! Te voilà, Alors cette vente s'est bien passée ? Demanda joyeusement sa tante Meg.

Sawyer sourit en la regardant. Meg était pétillante, on ne lui donnait pas cinquante-cinq ans, avec ses cheveux blonds et bouclés, toujours relevés en chignon sur le haut de sa tête, et ses yeux bleus malicieux. Elle était sa seule famille et il l'aimait de tout son cœur.

- Absolument M'dame, répondit Sawyer en posant son chapeau sur un meuble avant de s'asseoir sur une chaise. Il se frotta le menton et grimaça, il était temps qu'il se rase. Sa tante l'observa les yeux plissés, pendant que Cassie rangeait des dossiers dans une armoire.

- Sawyer s'il te plait, tu veux bien nous rendre un service ? Va au box vingt et donne la gamelle posée sur le meuble derrière toi, à ce pauvre Samson, pendant que nous terminons ici.

Sawyer tourna la tête vers la gamelle puis regarda sa tante avec attention, elle avait une drôle de tête comme si elle manigançait quelque chose. Il la connaissait bien mais l'adorait. Sa tante avait un cœur immense, toujours à vouloir aider ceux qui en avaient besoin.

- Mais pourquoi moi ? rétorqua-t-il grincheux comme un enfant récalcitrant. Je viens juste d'arriver Meg, en plus tu ne fais rien.

- Oh ! Toujours à râler. Voilà pourquoi tu resteras vieux garçon Sawyer, répliqua sa tante en croisant les bras sur sa poitrine. Nous sommes très occupées. Le doux regard chocolat de Sawyer posé sur elle, mit à mal sa détermination, elle dut se mordre les lèvres pour conserver une attitude déterminée.

Il entendit Cassie qui lui tournait le dos, pouffer de rire discrètement.

Sawyer pesta en se levant pour saisir la gamelle. Au même moment, il entendit sa tante pousser un soupir à fendre l'âme, il se retourna pour mieux l'observer.

- Prends ton temps, reste un peu avec lui, c'est… un de ses derniers repas.

À ces mots Cassie se retourna brusquement l'air étonné, fixant Meg avec attention.

- Comment ça, un de ses derniers repas ? Tu veux dire quoi par-là ? Il est mourant ? Interrogea-t-il abasourdi.

Sa tante prit un air triste, en baissant la tête.

- Ce… ce pauvre chien est trop malheureux au refuge, il ne se nourrit plus, il se laisse mourir, nous sommes obligées de le faire piquer.

Ce fut le bruit d'un dossier tombant au sol qui brisa le silence, Cassie se baissa promptement pour le ramasser, puis se redressa rouge de confusion, se mordillant les lèvres en l'observant.

Sawyer était stupéfait, c'était sa tante qui l'avait convaincu d'accueillir sur ses terres Cassie et son refuge. La banque avait racheté le terrain qu'elle louait, elle s'était retrouvée du jour au lendemain à la rue avec plus de soixante-dix chiens. Meg l'avait supplié de trouver une solution pour éviter l'euthanasie à tous ces malheureux et voilà qu'elle voulait piquer un chien ? Ce n'était pas logique. Qu'est-ce que cet animal avait donc de spécial ? Car il en était certain, sa tante manigançait quelque chose mais quoi ?

Il décida d'aller voir ce fameux Samson, ensuite il interrogerait Meg. Comment ce petit bout de femme d'un mètre soixante pouvait donc le manipuler aussi facilement. Il mesurait un mètre quatre-vingt-quinze, pesait plus de cent dix kilos, et elle arrivait toujours à le mener par le bout du nez.

D'un pas lourd, il se dirigea vers les box. Il avait dû avec son équipe, monter un refuge en un temps record, Sawyer secoua la tête, là encore sa tante avait réussi à le persuader de laisser tomber tous ses chantiers en cours pour venir en aide à Cassie.

Il n'aimait pas passer devant tous ces pauvres chiens, chaque regard le transperçait en plein cœur. Comment pouvait-on abandonner, ou faire du mal à une bête ? Cela le dépassait complètement, certains individus étaient si cruels.

Voilà, le numéro vingt, pensa-t-il en s'approchant doucement, Il l'observa un long moment, Samson était un magnifique berger malinois, avec le museau noir, et des yeux dorés d'une tristesse absolue. Il était allongé dans un coin du box, la tête posée entre ses pattes, il n'aboyait pas comme les autres, non ! Il restait là d'un air accablé, semblant indifférent à ce qui se passait autour de lui. Il avait renoncé ! Il ne se battait plus. Sawyer le comprit au premier regard, et cela lui brisa le cœur. Qu'avait-il donc subi pour en arriver là ?

Il s'accroupit devant les barreaux penchant la tête pour mieux l'étudier. Oui ce chien n'attendait plus rien de la vie, il connaissait bien ce sentiment. Avant de rencontrer Buddy et de retrouver Meg, Sawyer avait ressenti la même chose, la désillusion. Il s'était souvent demandé à quoi cela servait de vivre quand on n'a plus d'espoir, de rêves. Heureusement la vie lui avait offert une seconde chance. Il sentit une colère monter en lui, qui avait pu maltraiter ce chien ? L'abandonner ainsi, le brisant à jamais. Il mit la main sur la fermeture du box, puis regarda Samson attentivement.

- Attention mec, si tu me bouffes je serai vraiment ton dernier repas, tu m'as bien compris.

Samson ne bougea même pas, il semblait s'être isolé du monde qui l'entourait, comme dans une bulle. Sawyer sentit une crispation au plus profond de lui, mais qu'attendait Meg de sa part ? Il ne connaissait pas grand-chose aux chiens, c'était son truc à elle ça. C'était pour lui faire plaisir qu'il avait construit ce refuge. Il s'approcha doucement et décida de s'asseoir juste à côté du chien, allongeant ses grandes jambes, croisant les chevilles. Il posa la gamelle sur ses genoux espérant que Samson relèverait la tête, mais rien n'y fit, il ne semblait même pas avoir conscience de sa présence.

- Eh mec ! Tu files un mauvais coton, elles ont décidé d'abréger tes souffrances. Bien sûr, je ne sais pas ce que tu as vécu jusqu'à ce jour, mais… Sawyer s'arrêta brusquement, il venait de remarquer que Samson avait été amputé d'une patte arrière.

Il posa doucement sa main sur le flanc du chien, et il put sentir celui-ci prendre une grande respiration comme si cette pauvre bête avait le cœur trop lourd. Une peine si immense qu'il n'arrivait pas à surmonter son chagrin.

- Waouh ! J'ai l'impression que la vie ne t'a pas fait de cadeaux, mais tu sais crois en mon expérience, tout peut changer. Il faut juste ne jamais baisser les bras. On m'a dit un jour, qu'un cow-boy ne pleure jamais, il tombe et se relève pour mieux repartir.

Samson releva la tête et tourna doucement la tête vers lui, son regard empreint d'une tristesse infinie. Machinalement Sawyer prit un peu de nourriture avec la main qu'il lui tendit, celui-ci huma méfiant cette main, puis releva les babines pour se saisir du morceau de viande.

- C'est bien mon gars, écoute-moi bien, je parlerai à ma tante. Elle a du cœur, si tu fais un effort, elle ne te fera pas… Sawyer se racla la gorge, il n'osait pas prononcer ce mot devant lui.

Quel grand idiot, pensa-t-il en secouant la tête, voilà qu'il parlait à un chien et s'inquiétait de ses sentiments, sa tante maudite soit-elle le perturbait. Dire qu'il était arrivé tout heureux pour fêter sa matinée de travail, et voilà que ce chien dont il ne connaissait rien, le touchait au plus profond de lui. Pour un cow-boy, il avait plutôt le cœur Chamallow.

Samson avait des yeux magnifiques en amande, de la couleur de l'or, son museau noir semblant faire écrin à ce regard qui vous transperçait jusqu'à l'âme. Il mit sa main sur le dessus de sa tête et commença à le caresser.

- Mec, il ne faut jamais renoncer. Tu sais j'ai grandi seul avec mon paternel et crois-moi ce n'était pas un cadeau, Sawyer eut un petit rire sarcastique. Oh non ! Le pire bonhomme pour un enfant. Il m'a trahi, tu imagines, moi son propre fils, il m'a trahi !

Il posa sa main sur la patte du chien qu'il serra doucement. Celui-ci semblait l'écouter avec attention.

- Mais au final cela m'a rendu plus fort, méfiant d'accord, mais plus fort, et toi aussi tu te remettras de cette trahison. Alors ne laisse pas ce pourri te briser le cœur.

Sawyer entendit du bruit il releva la tête et vit Meg qui l'observait avec dans son regard une gravité qui le déstabilisa. Il se sentit rougir, penaud de s'être montré fragile, sensible, il n'aimait pas s'apitoyer sur lui-même, il se racla la gorge pour chasser l'émotion qui l'étreignait. Prestement il se releva donna une dernière caresse à Samson avant de sortir.

- Je crois que tu devrais donner un peu plus de temps à ce chien il le mérite, et puis tu le regretteras Meg, c'est une brave bête. Accorde-lui un délai supplémentaire il en a besoin, c'est tout.

Meg secoua ses boucles et lui tourna le dos, se dirigeant vers le parking.

- Non ! Il souffre trop, il n'arrive pas à surmonter la situation, nous devons abréger ses souffrances. Cela fait des jours qu'il reste ainsi apathique dans un coin, il s'affaiblit, ne laisse personne s'approcher. C'est un miracle que tu sois encore entier, précisa-t-elle en le détaillant de haut en bas.

- Quoi ! Il aurait pu me bouffer et tu ne m'as rien dit ? S'insurgea Sawyer furieux tout à coup.

Meg mit ses mains sur ses hanches.

- De quoi tu te plains ? Tu as deux jambes, deux bras et une tête, donc tout va bien, répliqua-t-elle avec un petit sourire en coin. Bon ! De toute façon Cassie a appelé le véto, il ne va pas tarder à arriver.

Sawyer sentit son cœur s'emballer, que lui arrivait-il ? Il aperçut au loin un nuage de poussière, une voiture approchait. Sûrement ce maudit véto. Meg s'installa dans la voiture tout en détaillant attentivement Sawyer. Celui-ci pinçait les lèvres, mais pourquoi le sort de ce chien lui importait-il autant ? Peut-être parce qu'il n'avait pas eu sa seconde chance et qu'il trouvait cela injuste. Il eut subitement l'impression d'étouffer, sûrement cette maudite chaleur, mais non ! Il sentait très bien que c'était autre chose, il était hanté par le doux regard de Samson. Il savait qu'il allait regretter sa décision, mais il n'avait pas le choix, il devait le faire. Il jura entre ses lèvres, tapa violemment sa main sur le capot de sa voiture faisant sursauter Meg.

- Je l'adopte !

- Quoi ! Comment ça tu l'adoptes ? C'est trop tard Sawyer.

- Non pas question ! Il a droit à une seconde chance. Meg sort de cette voiture immédiatement, tu vas me remplir ce fichu contrat d'adoption maintenant, avant que ce vautour ne lui fasse du mal.

Sa tante se mordilla les lèvres, obéissant à cet ordre vociféré avec tant de rage. Elle se dirigea vers le bureau. Cassie surprise haussa les sourcils et Meg lui fit un clin d'œil. Sawyer marchait de long en large guettant l'arrivée de ce maudit véto. Tant qu'il n'aurait pas signé cette adoption il n'arriverait pas à se calmer, il tapota son stetson sur sa cuisse d'un air rageur.

Cassie le regarda attentivement, Sawyer était impressionnant. La première fois qu'elle l'avait rencontré, elle s'était sentie intimidée. D'une stature très imposante, il posait sur les gens un regard très sombre, glacial qui semblait vous jauger, avec sa barbe noire de trois jours on aurait dit un Bad boy. Grâce à Meg elle avait découvert un homme chaleureux sous cette carapace d'homme froid et dur, dont il semblait ne jamais se séparer.

Il prit une grande respiration et remarqua Cassie qui l'observait avec attention, elle devait sûrement le prendre pour un fou. Ce chien l'avait envouté, il ne voyait pas d'autre explication à son comportement.

- Tiens ! Voilà tu signes ici, tu t'acquittes de la somme due, et Samson sera à toi.

Sawyer d'un geste rageur lui prit le stylo des mains apposa sa signature, puis tendit sa carte bancaire à Cassie qui regardait Meg d'un air incrédule.

- Bon ! Je vais chercher Samson, dit-elle d'une voix tremblante en s'esquivant rapidement dans le couloir après lui avoir rendu son moyen de paiement.

Un homme jovial s'approcha d'eux, il tapota le dos de Sawyer.

- Alors quoi de neuf ? Interrogea-t-il en le regardant.

- Désolé Doc, rétorqua Sawyer en brandissant le document, tu arrives trop tard, Samson est à moi, tu peux repartir.

Le vétérinaire ouvrit la bouche en grand, le regard incrédule.

- Samson ? Mais je croyais, dit-il en se tournant vers Meg que je devais soigner les chatons que vous avez reçus hier au refuge. C'est quoi le problème avec Samson ?

Celle-ci se mit à rougir et tira par la manche un Sawyer stupéfait.

- Nous devons y aller Doc, je suis désolée. Cassie t'expliquera tout. Attends la dans son bureau, elle n'en a pas pour longtemps, merci encore d'être venu si vite, précisa-t-elle en entraînant Sawyer vers la sortie.

Cassie se tenait à côté du véhicule avec Samson assis sagement.

- Tu peux m'expliquer ? C'est quoi ce cinéma ? J'ai l'impression de m'être fait manipuler. Tu sais que je déteste cela Meg, marmonna Sawyer, furieux en fronçant les sourcils.

- Oh ! Toujours les grands mots. Merci Cassie, dit-elle en souriant à son amie. On se revoit demain. Allez Sawyer dépêche-toi, il fait trop chaud pour rester ici.

Il salua Cassie, puis claqua si fort sa portière, que Samson assis à l'arrière se redressa brusquement.

- Oh ! Sawyer s'il te plait, porte lui son dernier repas, reprit-il en imitant de façon exagérée sa tante. Tu sais ce que tu es Meg ? Une…une. Bon sang ! Je ne trouve même pas le mot pour exprimer ma colère.

- Alors ne dis rien c'est aussi bien, conclut-elle en lui jetant un regard furtif.

Il tapa violemment sur le volant.

- Tu savais que je ne voulais pas de chien.

Samson à l'arrière se mit à gémir, puis se coucha tristement sur la banquette.

- Regarde ce que tu fais, Sawyer, cette pauvre bête est malheureuse.

- Moi ! Je lui fais quoi ? C'est toi la responsable, rétorqua-t-il en chuchotant pour ne pas vexer l'animal.

Puis il se redressa, voilà à peine deux minutes qu'il avait un chien, et il se comportait comme un gros débile, évitant de peiner un animal. Il secoua la tête, furieux.

- De toute façon maintenant il est à toi, alors cesse de ronchonner. J'ai faim moi, qu'attends-tu pour démarrer ?

Il enclencha la marche arrière, le véhicule souleva un nuage de poussière. Sa tante regardait par la fenêtre, un silence pesant régnait dans le véhicule. Il n'aimait pas se disputer avec Meg mais, là, elle avait été trop loin. Qu'allait-il faire de ce chien ?

- Et si on le gardait jusqu'à ce que tu lui trouves une bonne maison ? Demanda-t-il la voix pleine d'espoir.

Sa tante poussa un long soupir. Puis le regarda d'un air suppliant.

- Écoute… je sais que je t'ai un peu forcé la main, mais…

- Un peu, non mais je rêve, tu m'as trompé Meg c'est différent.

Elle se mordilla les lèvres d'un air penaud, coupable. Elle baissa la tête tristement et Sawyer sentit une crispation au niveau du cœur. Il ne voulait pas faire de peine à Meg, il ne lui restait plus qu'elle. La seule personne avec le vieux Buddy à avoir toujours été là pour lui. Il se racla la gorge pour desserrer le nœud qui s'y trouvait. Bon ! Après tout ce n'était qu'un chien. Il y avait suffisamment de place chez eux pour lui. Il jeta un coup d'œil furtif dans le rétroviseur, Samson semblait toujours aussi miséreux. Il méritait lui aussi une seconde chance.

- Ce chien est… particulier, reprit sa tante en le regardant avec attention. Il était trop malheureux dans son box et ne méritait pas ça.

Il poussa un long soupir de capitulation.

- C'est quoi son histoire, quel est le pourri qui l'a abandonné ?

- Oh non ! Ce n'en est pas un, c'est... c'est compliqué. Une séparation forcée, son maître aurait voulu le garder, mais il n'a pas pu faire autrement. En fait, il doit être aussi malheureux que Samson.

- Sam !

- Quoi ? Comment ça Sam ? L'interrogea-t-elle le cœur battant d'espoir.

- Tu l'as dit, c'est mon chien maintenant. Alors Samson c'est bizarre, cela me fait penser à chaque fois à Samson et Dalila et, précisa-t-il en jetant de nouveau un œil dans le rétroviseur cela ne lui va pas. Je préfère Sam.

Meg eut un sourire éclatant et mit sa main sur le bras de Sawyer qui conduisait.

- J'adore aussi, merci Sawyer, je savais que tu comprendrais.

- Ouais ! Mais attention Meg, plus d'entourloupes, je te préviens. La prochaine fois tu me demanderas directement.

- Oh ! Tu serais d'accord pour prendre d'autres animaux ?

- Meeeeg non ! Grommela-t-il d'un regard noir incandescent.

Elle se tut en se mordillant les lèvres, Sawyer avait un cœur en or, mais il avait été si profondément trahi qu'il cachait ses émotions, ses sentiments sous une rudesse qui lui servait de carapace protectrice.

Il s'arrêta devant un long bâtiment entièrement rénové. C'était en fait un vieux ranch dans lequel Buddy avait installé son entreprise. Sawyer ressentait un immense bonheur, ce lieu était sa maison. Sa tante Meg vivait dans une petite maison située juste à côté, elle tenait à avoir son indépendance.

Un jeune homme se précipita vers eux, c'était Tyler, âgé de dix-sept ans, blond avec un regard vert empreint d'une tristesse qui ne le quittait jamais. Il était grand et se tenait toujours vouté comme si le poids de la misère du monde reposait sur ses frêles épaules. Mais en voyant le chien son visage se transforma, un grand sourire l'illumina.

- Waouh ! On a un chien maintenant ? S'exclama-t-il joyeusement. Tu as réussi à le convaincre Meg ?

- Pas maintenant Tyler, pas maintenant ! Bougonna Sawyer. Veux-tu bien lui trouver un endroit dans la maison et lui installer une couverture et tout le nécessaire ?

Tyler opina de la tête tout en caressant Sam qui semblait effrayé par tous ces changements, il l'entraîna vers le porche. Sawyer l'observa un long moment.

- J'ai l'impression que ce n'est plus une maison mais l'arche de Noé, soupira-t-il une nouvelle fois.

- Tu es un homme bon, Sawyer pas comme ton bon à rien de père. Ma sœur aurait été fière de l'adulte que tu es devenu. Regarde tu as une entreprise florissante, tu as su accueillir Tyler qui squattait dans une de tes maisons. Sans toi, Dieu seul sait ce qu'il serait devenu. Aujourd'hui il a un foyer, une famille, il apprend un métier, oui tu es quelqu'un de bien, et voilà que tu offres une seconde chance à Sam.

Sawyer rougit sous les compliments de sa tante. Il regarda ce duo étonnant que formait Tyler et Sam, deux exclus de la vie. Il avait trouvé le premier dans une vieille bâtisse qu'il venait d'acheter, maigre et miséreux. Il fuyait une famille d'accueil dans laquelle il avait été placé, une parmi tant d'autres.

Ce jeune n'avait pas eu beaucoup de chance, bien sûr il aurait dû le signaler au service de l'enfance. En agissant ainsi, Sawyer savait qu'il ferait fuir de nouveau cet adolescent. Il devait d'abord l'apprivoiser, lui redonner confiance, il connaissait bien ce sentiment. Il s'était retrouvé dans ce jeune en perte de repères, sûrement la raison pour laquelle il l'avait accueilli. Sawyer lui avait installé une maison jouxtant celle de Meg, un endroit bien à lui pour qu'il se sente en sécurité.

CHAPITRE II

Sam restait prostré à l'entrée du salon sur la couverture que Tyler avait installée pour lui, observant les membres de sa nouvelle famille, il n'aboyait pas, ne manifestait aucune joie, non il se contentait d'observer d'un regard méfiant.

- Eh ! Tu as mis celle que j'utilise le soir quand il fait froid, bougonna Sawyer.

- Il fait une chaleur incroyable tu l'as dit toi-même, ce mois d'avril est caniculaire, tu ne risques pas de l'utiliser, se moqua gentiment Meg en lui faisant un clin d'œil.

- Ce n'est pas une raison, persista Sawyer en fronçant les sourcils, mais en regardant Sam il ressentit un pincement au cœur, après tout ce n'était qu'un plaid, il en avait d'autres et si Sam l'appréciait, eh bien ! Tant mieux.

Il soupira de nouveau et se dirigea vers la cuisine, il lui fallait une bonne bière fraîche avant le repas. Meg s'activait aux fourneaux, écoutant Tyler lui raconter sa matinée. Sawyer se surprit à sourire, oui ils formaient un groupe atypique, mais c'était bien une famille aimante. Meg avait le don d'apaiser, de réconforter, ses sourires charmaient. Appuyé négligemment d'une hanche sur le comptoir de la cuisine, il repensa à tout son chemin parcouru.

Élevé par son vaurien de père, il ne se souvenait même plus de sa mère décédée quand il n'avait que trois ans. Auprès de son paternel sa vie avait été chaotique. Il avait vu se succéder une ribambelle de petites amies qui s'occupaient plus ou moins de l'enfant perdu et malheureux qu'il était. Meg la sœur de sa mère avait bien essayé de le récupérer, mais pour fuir cette famille jugée envahissante, son père avait changé d'état. Sa tante ne l'avait retrouvé que bien des années plus tard, c'était alors un jeune homme blessé, trahi qui ne croyait plus en l'humain. Oh ! Il en avait fallu de la patience à Meg pour l'apprivoiser, lui faire comprendre que certaines personnes méritaient qu'on leur fasse confiance, qu'on les aime. Elle avait appliqué la même technique avec Tyler et celui-ci depuis un an qu'il partageait leur vie, semblait plus équilibré, plus serein. Meg les considérait comme ses fils cela le fit sourire.

- Bon ! Tyler mets la table s'il te plait, et toi Sawyer donne cette gamelle à ce pauvre Sa… Sam, il n'a pas eu le temps de manger au refuge.

- Quoi ! En plus je dois le nourrir ? S'insurgea Sawyer faussement outré.

- Tu as signé, tu t'es engagé, c'est ton chien, ta responsabilité, précisa Meg en haussant les sourcils.

- Ouais ! Disons surtout que je suis tombé dans un piège, rondement ficelé par la reine des manipulatrices.

Meg pouffa de rire, puis déposa un baiser sur sa joue.

- Il a besoin de nous. Si je te l'avais demandé tu aurais réfléchi pendant des siècles, comme tu fais toujours et au final tu aurais accepté. Alors, j'ai juste précipité ta décision c'est tout.

- Là, elle marque un point, affirma Tyler en regardant Sawyer.

- Comment ça ? On dirait que je suis incapable de prendre une décision.

- Disons que c'est dans l'urgence que tu es le meilleur. Tu agis, tu es prompt à décider, mais si on te laisse le choix, si tu sais que tu as le temps alors là, soupira-t-elle en secouant la tête il te faut une éternité.

- Ouais ! Ça c'est bien la vérité, confirma Tyler en hochant la tête.

- N'importe quoi, rétorqua, vexé Sawyer.

- Oui la preuve, tu hésites pour changer ta voiture alors qu'elle est naze, précisa Tyler en levant son pouce. Tu refuses de refaire la déco sous prétexte que c'était la maison de Buddy, dit-il en levant l'index. On te l'a demandé, mais on attend toujours ta réponse.

Sawyer se frotta le menton, ils n'avaient pas tort, il évitait à chaque fois le sujet. Tout simplement parce qu'il avait l'impression d'effacer son meilleur ami Buddy qui lui manquait tant. Il y avait l'âme de son mentor dans cette maison, il ne se sentait pas le cœur de jeter tous ses souvenirs, il aurait l'impression de le trahir, de le faire disparaître complètement.

Meg le regarda avec beaucoup de tendresse, elle savait pourquoi il hésitait autant. Cette femme diabolique lisait dans ses pensées, c'était déstabilisant.

- Un jour, je me déciderai c'est tout, mais pas maintenant. Pour l'instant nous avons du boulot, je viens d'acheter deux maisons à retaper.

Tyler poussa un cri de joie, ce qui le fit sourire.

Le repas se passa dans une ambiance chaleureuse, chacun racontant des anecdotes. Tout à coup ce fut le bruit des griffes de Sam sur le sol qui leur fit tourner la tête. Il se tenait devant l'entrée de la cuisine détaillant chacun d'entre eux. C'était un animal magnifique, impressionnant, d'un beau gabarit, mais très maigre. On apercevait ses côtes, il avait besoin de se remplumer, pensa Sawyer en le regardant à son tour.

Meg tendit la main, mais Sam recula et retourna sur son nouveau tapis.

- Hum ! En voilà un qui résiste à ton charme Meg, murmura moqueur Sawyer. Tout compte fait, ce chien me parait de plus en plus sympathique.

Meg en riant lui donna un coup sur le bras, il fit semblant de hurler de douleur, et Sam réapparut immédiatement dans la cuisine en grognant.

- Qu'est-ce qui lui prend ? S'étonna Sawyer.

- Oh ! Ce… ce n'est rien, précisa Meg en levant la main pour apaiser Sam. Tu le sais bien, il faut lui donner du temps pour s'adapter à notre famille déjantée.

Ils pouffèrent de rire, et Sam s'en retourna de nouveau dans le salon.

Cet après-midi-là, Sawyer étant de repos, il en profita pour bricoler au ranch. Mais à chaque fois, il fut surpris de découvrir Sam qui ne le quittait pas d'une semelle, semblant le suivre discrètement. Il faisait si chaud qu'il décida de faire une pause à l'ombre, et se dirigea vers le porche. Il s'assit sur une marche mit les mains sur ses cuisses et regarda Sam qui approchait d'un air méfiant pour s'installer près de lui.

- Eh mon gars ! J'ai l'impression que tu m'aimes bien, devant l'expression étonnée du chien il insista. Si, si ! Tu peux le nier cela se voit. Il tendit la main doucement, Sam la renifla longuement. Sawyer délicatement, lui caressa son museau.

- N'aie plus peur, on ne t'abandonnera pas, c'est dans nos gênes te dirait Meg. Une fois que tu entres dans nos cœurs tu y restes à jamais, tant pis mon gars tu devras nous supporter jusqu'à la fin de ta vie.

Il éclata de rire en entendant geindre Sam.

- Eh ! Cela pourrait être pire. Meg va t'engraisser, ne lui répète pas, mais c'est une sacrée cuisinière.

- Qu'est-ce qu'il ne doit pas me répéter, murmura mutine Meg qui se tenait derrière lui les bras croisés.

Sawyer pouffa de rire, puis huma l'air avec gourmandise.

- Oh ! C'est quoi cette bonne odeur ? Demanda-t-il en se penchant pour observer le plateau que Meg venait de déposer sur la petite table à l'ombre.

- J'ai fait des cookies, en voilà un pour toi et voici le tien Sam.

Celui-ci le renifla un long moment, puis le dévora avec empressement.

- Et voilà comment tu comptes le charmer, ironisa Sawyer, tu es fourbe Meg, tu veux le soudoyer.

- N'importe quoi ! Rétorqua-t-elle joyeusement.

Elle tendit son index vers eux et prit son air sévère.

- Attention ! Les garçons vous ne touchez plus à ce plateau, nous attendrons que Tyler revienne pour les déguster, vous m'avez bien comprise. Vous n'y touchez pas !

- Bien M'dame, affirma goguenard Sawyer en mettant deux doigts sur sa tempe.

Il regarda sa tante s'éloigner vers le potager, puis continua de caresser doucement Sam, appréciant ce moment paisible. Tout à coup, il perçut les effluves des cookies, passa sa langue sur ses lèvres, la gourmandise était son péché mignon. Il se releva et se dirigea vers la petite table. Au moment où il tendit la main, il entendit grogner juste derrière lui. Il resta figé le bras tendu.

- Eh ! Mon gars tu me fais quoi là ? Ne sois pas stupide, en plus j'allais en prendre un pour toi.

Il allait se saisir des gâteaux lorsque le grognement se fit plus puissant. Dérouté, il suspendit son geste et regarda de nouveau Sam.

- Non mais qu'est-ce qui te prend ? C'est mon ranch, ma maison, mes gâteaux. Écoute si tu n'en veux pas, tu n'en auras pas, c'est tout !

Le regard doré semblait hypnotique   Sawyer suspendit son geste. Rageur, il retourna s'asseoir sur la marche et Sam le rejoignit.

- Un jour nous aurons une explication toi et moi mon gars, non mais franchement ! Pesta-t-il mécontent d'avoir cédé à Sam.

Celui-ci poussa sa truffe sous son bras comme pour se faire pardonner et Sawyer pouffa de rire.

- Tu as de la chance que je t'aime bien, puis il le caressa de nouveau.

Le dimanche matin Sawyer se leva de bonne humeur, Sam se tenait dans la cuisine près de Meg, mais s'approcha quêtant une caresse dès qu'il le vit.

Sa tante se rendait à l'office, c'était un rituel, mais Sawyer lui préférait se promener, profiter de son jour de liberté. Il siffla Sam et se dirigea vers son véhicule, il décida d'aller faire un tour près de la rivière pour se détendre.

Il pesta entre ses lèvres, à cause de la chaleur intense, la rivière attirait beaucoup de monde. Il se tourna vers Sam et mit son index sous son museau.

- Attention mon gars tu as intérêt à bien te tenir, sinon je te mets ta laisse.

Sam le fixa de son doux regard doré, semblant écouter attentivement ses ordres. Un peu nerveux Sawyer observa les réactions de son chien, mais celui-ci le rendit fier, il se tenait sagement à ses côtés ne bronchant pas lorsqu'ils croisaient d'autres chiens. Quand il rencontrait des amis, il s'asseyait près de lui, restant immobile.

Ils marchaient depuis déjà un bon moment, lorsque Sawyer aperçut des jeunes adolescents qu'il reconnut immédiatement. Ils faisaient partie d'une petite bande de voyous qui perturbait la vie de la commune. L'un d'entre-deux jeta sa cigarette allumée dans le dos d'une jeune fille qui passait à leurs côtés. Des témoins de la scène commencèrent à s'insurger, mais avant que Sawyer ait pu réagir, Sam se mit à courir et sauta sur le dos du garçon pour le maîtriser, l'immobilisant au sol en une fraction de secondes. Le fait qu'il ait une patte en moins, ne semblait absolument pas le gêner.

Des gens se mirent à applaudir. Un officier de police témoin de la scène s'approcha tout sourire.

- Dites donc, c'est un sacré chien que vous avez-là, précisa-t-il en redressant le jeune délinquant toujours sous le choc. En plus il n'a que trois pattes, bravo mon toutou !

Bravo mon toutou ! Sawyer la bouche grande ouverte de stupéfaction regardait d'un air effaré Sam, pendant que la jeune fille reconnaissante le caressait pour le remercier. Il accrocha la laisse à son collier et le tira doucement vers son véhicule sous les félicitations de la foule.

Il installa Sam sur le siège passager et prit place derrière son volant, puis il se tourna vers lui, n'en revenant toujours pas.

- Tu m'as fait quoi là ? On aurait dit que tu avais fait ça toute ta vie. Qui es-tu Sam ? Dit-il en plissant les yeux.

Le chien penaud, baissa la tête sans le quitter du regard. Sawyer soupira il ne devrait pas le disputer, il avait réagi promptement pour défendre cette jeune-fille. Il tendit la main et le caressa derrière l'oreille. Il avait remarqué que Sam adorait cela, car il appuyait à chaque fois un peu plus sa tête au creux de sa paume.

- Tu sais quoi ? Je vais cuisiner Meg façon Sawyer, j'ai l'impression qu'elle ne m'a pas tout raconté.

Il reprit le chemin du ranch jetant de temps en temps un coup d'œil furtif sur Sam. Ce chien était étrange.

Sa tante s'affairait devant les fourneaux chantonnant joyeusement. Elle se retourna en l'entendant arriver.

- Ah ! Sawyer n'oublie pas que cet après-midi je vais aider Cassie au refuge.

- Ouais, je sais, mais tu n'aurais pas omis de me donner un détail disons essentiel sur lui, dit-il en inclinant la tête vers Sam.

Meg sembla déstabilisée, elle ouvrit grand les yeux, passa sa langue sur ses lèvres, essuya ses mains sur son tablier, et Sawyer eut la confirmation que sa tante lui cachait bien quelque chose.

- Je… je ne vois pas de quoi tu parles, pourquoi dis-tu cela ? Interrogea-t-elle d'une voix hésitante.

Sawyer lui raconta la scène des cookies et celle du parc près de la rivière. Il vit sa tante sourire et offrir un gâteau à Sam pour le féliciter de son intervention.

- Je t'écoute, insista Sawyer en croisant les bras.

Elle soupira longuement, se passa une main dans les cheveux en grimaçant.

- Je te connais Sawyer tu peux parfois te montrer si buté. Tu ne lui aurais pas donné une seule chance.

- Et pourquoi ? Qu'est-ce qu'il a de si particulier ce chien ?

- C'est… c'est un chien… policier.

- Oh bon sang ! Meg, hurla Sawyer furieux. Tu sais que je déteste les flics et tu m'en ramènes un à la maison.

- Tu vois, qu'est-ce que je te disais, tu vocifères de suite. Tu ne l'aurais même pas regardé.

- Et pour cause, tu oublies que j'ai fait cinq ans de prison à cause des flics alors que j'étais innocent. J'ai de quoi avoir la haine non ?

- Oui mais tu sais aussi bien que moi, que c'est grâce à un flic que tu as été libéré. Il a réussi à prouver que c'était ton père le braqueur, le vrai coupable. Alors tu vois ils ne sont pas tous mauvais. Sam n'est en rien responsable de tout ça. Il ne méritait pas de payer pour cette erreur, alors qu'il n'a rien fait. En plus, vu qu'il a été blessé en service il a été réformé. Ce n'est plus un chien policier, techniquement je n'ai pas menti, enfin… pas trop.

Sawyer regarda Sam qui l'observait sans comprendre. Bon d'accord, il n'était pour rien dans sa condamnation, mais bon sang ! C'était un flic. Toutefois lui aussi avait été trahi par un policier, puisqu'il avait été abandonné.

Il fronça les sourcils, sa tante avait dit que cet abandon avait été douloureux pour les deux. Hum ! Elle ne disait pas tout. Il reporta son attention sur sa tante, tira une chaise et lui fit signe de s'y installer.

- Tu me dois la vérité Meg, et pas un morceau, je veux toute son histoire.

CHAPITRE III

Meg prit place sur la chaise croisant ses mains sur la table, elle jeta un regard attristé sur Sam qui les regardait sans comprendre. Elle poussa un long soupir.

- C'est une longue histoire Sawyer.

- C'est parfait nous sommes dimanche, j'ai tout mon temps, rétorqua-t-il en s'appuyant nonchalamment contre le plan de travail. Il bouillonnait intérieurement, que lui avait donc encore caché sa tante ? Il posa les deux mains à plat sur la table, se penchant légèrement vers elle pour l'inciter à commencer son récit. Il la vit déglutir avec peine, tant mieux, à son tour de se sentir mal à l'aise.

- Arrête Sawyer de me regarder ainsi, tu as ta tête des mauvais jours, implora-t-elle doucement.

- Moi ! Non mais Meg c'est le monde à l'envers, depuis le début tu me manipules. Si je ne t'aimais pas autant, crois-moi tu le sentirais passer.

Meg ne put s'empêcher de sourire.

- Tu m'aimes ? Tu ne le dis pas souvent, tu ne peux pas savoir comme cela me touche Sawyer, je sais que tu…

- Non Meeeeg, ne recommence pas, tu essayes de noyer le poisson, je veux la vérité, toute la vérité.

Elle soupira longuement.

- Tu sais qu'avant de te revoir, je travaillais dans le Maine comme infirmière, puis j'ai appris que tu te trouvais au Texas près de Waco, mais je ne savais pas où précisément. Du coup, je suis venue travailler dans un centre de rééducation près d'ici. Je m'y suis fait beaucoup d'amies. Quand je t'ai retrouvé il y a trois ans, Buddy venait de tomber malade, j'ai tout laissé pour venir vivre à tes côtés et le soigner.

À ces mots Sawyer sentit la douleur d'une plaie béante dans son cœur. Son vieux mentor avait tant souffert et Meg avait été à ses côtés jusqu'au bout. Il hocha tristement la tête.

- Il y a quelques semaines mon amie Sandy, m'a parlé d'un homme, un policier qui avait eu un grave accident de voiture pendant son service avec Samson. Jared est son maître-chien, ils formaient une équipe cynotechnique dans la recherche de stupéfiants à San Francisco. Heu !... Sam est un chien renifleur comme on les appelle.

Sawyer la bouche grande ouverte regarda son nouvel ami d'un autre œil.

- Et alors ? Pourquoi sont-ils venus ici ?

Sa tante passa sa langue sur ses lèvres semblant hésiter. Il se racla la gorge d'un air exaspéré pour l'inciter à continuer.

- Pour des raisons personnelles, il a tout quitté pour venir ici sur un coup de tête, il voulait fuir sa vie d'avant.

- Pourquoi ?

- Sawyer les gens n'aiment pas toujours se dévoiler, tu en sais quelque chose. Pour en revenir à Sam, son maître espérait pouvoir le garder, mais sa rééducation étant longue, il ne savait pas quoi faire de lui. Il l'avait d'abord laissé chez quelqu'un, mais au bout de quelques mois son ami l'a informé ne plus pouvoir le garder. Il a décidé de l'abandonner et nous l'avons pris au refuge afin de lui trouver un nouveau maître.

Sa tante releva la tête, ses yeux brillaient sous le coup de l'émotion.

- Crois-moi, c'était un véritable crève-cœur, cet homme souffrait encore plus que Sam à l'idée de s'en séparer, il voulait lui donner une chance de bonheur. Je ne t'en avais pas parlé, car je me doutais de ta réaction. C'est une triste histoire Sawyer, si tu avais vu cet homme pleurer, tu aurais eu le cœur brisé. Je lui ai promis de prendre soin de Sam et ... je me suis engagée à lui trouver le meilleur maître possible, mais Sam se languissait, il ne mangeait plus, il déprimait. Je ne pouvais pas le laisser ainsi. J'ai pensé...

- Quoi ? Demanda-t-il en la voyant s'interrompre. Il croisa les bras sur sa poitrine, touché malgré lui par ce récit.

- J'ai pensé que ce chien pourrait t'aider à...

- N'importe quoi ! Je n'ai pas besoin d'aide, c'est quoi encore ce délire.

- Oh ! Sawyer, regarde ta phobie des policiers, et puis tu t'éloignes des gens, tu ne fais confiance à personne, à part Buddy, Tyler et moi. Ce chien peut te permettre de surmonter les traumatismes de ton enfance, les trahisons que tu as vécues. Je suis persuadée que cela sera bénéfique pour vous deux. Ce chien est fait pour toi, comme une évidence.

Sawyer regarda sa tante avec attention. Elle n'avait pas tort, les trahisons successives de son père l'avaient rendu méfiant, il était devenu bourru, indifférent aux autres. C'était parfois un handicap dans son métier, mais son talent, l'excellence de son travail parlaient pour lui. Il prit une grande respiration.

- Bon ! Il se dirigea vers la porte puis se retourna vers Meg au dernier moment.

- J'espère qu'on en a fini avec tes petits secrets ?

Elle s'empressa de hocher la tête.

- Tu... Tu pourrais rencontrer Jared, tu comprendrais. Cet homme te toucherait, si tu le voyais il...

- Un flic ! Meg un flic ! Pas question, qu'il reste où il est. J'y suis profondément allergique et tu le sais très bien.

Meg soupira en le regardant partir. Il pouvait parfois se montrer si têtu. Mais elle avait son plan, elle ne lâcherait rien. Sawyer, Jared et Sam avaient besoin d'être secourus, après tout elle était infirmière c'était à elle de jouer. Elle regarda l'horloge et s'empressa de se remettre aux fourneaux. Elle avait promis à Cassie de l'aider. Elle soupira, celle-ci serait sa prochaine mission. Meg pouffa de rire. Sawyer avait bien raison elle manipulait son petit monde, mais pour la bonne cause, pour les rendre heureux. Il fallait parfois donner un petit coup de pouce au destin.

Sam accompagnait Sawyer dans tous ses déplacements, il était si intelligent, il savait rester à sa place quand il le fallait, en peu de temps ce chien était devenu la mascotte de son équipe. Il vit le jeune Tyler prendre son sandwich et le partager avec Sam pendant sa pause.

- Eh ! Tu sais ce que dirait Meg si elle te voyait, ce chien est en train de trop grossir, tu vas m'en faire une boule, dit-il pince sans rire en les regardant.

Sam semblait attendre son autorisation pour avaler le morceau posé juste devant lui et Sawyer lui fit signe d'un hochement de tête. Il n'en revenait pas, il avait un chien policier et drôlement bien éduqué en plus. Certains de ses hommes pourraient prendre exemple, pensa-t-il en souriant tendrement. Ce fut la voix de Tyler qui attira son attention.

- Tu… tu as remarqué ce rituel qu'il a tous les soirs ? Il sort, s'installe sur les marches et on l'entend geindre pendant plusieurs minutes. Hier je suis sorti pour le caresser, tu ne me croiras pas Sawyer mais on aurait dit qu'il avait des larmes plein les yeux. Tu crois qu'un chien peut pleurer ?

Celui-ci déglutit avec peine. Lui aussi l'entendait à la tombée de la nuit. Comme Tyler il avait bien essayé de le calmer, mais rien à faire. Son chagrin semblait si intense, si lourd à porter, qu'effectivement ses yeux s'embuaient de larmes. Cela lui avait remué les tripes en le voyant ainsi. Ce grand chien était ancré dans son cœur, il ne savait pas comment l'aider.

- Meg pense que son ancien maître lui manque. Je pensais Sawyer qu'on pourrait… enfin… et si on allait le voir, juste pour faire plaisir à Sam ? J'en ai parlé à Meg mais elle m'a répondu que tu hurlerais comme un vieux cochon qu'on mène à l'abattoir.

Cette image fit sourire Sawyer, sa tante le connaissait bien. Aurait-elle osé utiliser Tyler pour le manipuler de nouveau ? Il plissa les yeux à cette idée, cette sorcière en serait bien capable. Il regarda Tyler, celui-ci attendait sa réponse. Il s'était lui aussi attaché à ce chien. Dans le fond Meg avait peut-être raison, Sam comblait pour chacun d'entre eux un besoin de tendresse, un manque dont ils n'avaient peut-être pas conscience. Il poussa un long soupir et s'éloigna sans répondre.

Le soir venu, Sam se dirigea vers la terrasse et comme d'habitude, il se mit à geindre. Tyler était parti avec des amis en ville. Sawyer assis à table jouait avec des miettes, Meg lui tournait le dos faisant la vaisselle. Ces gémissements commençaient à atteindre son moral, il émit un juron entre ses lèvres ce qui fit retourner Meg brusquement.

- C'est bon ! Tu as gagné, j'irai voir ce sale flic demain avec Sam.

Elle ouvrit grand la bouche de surprise et haussa les sourcils.

- Moi… mais je n'ai rien dit, rétorqua-t-elle d'un air faussement outré. Remarque si tu veux mon avis c'est une excellente idée. Je téléphonerai à mon amie pour qu'elle organise une rencontre dans leur parc, les chiens ne sont normalement pas autorisés mais là, elle comprendra. J'ai eu des nouvelles de Jared il ne va pas fort et…

- Stop ! Meg ne rajoute rien, je m'avoue vaincu, dit-il en se levant, furieux malgré lui d'avoir capitulé… une fois de plus.

Le lendemain matin, Sam à ses côtés Sawyer prit la route du centre de rééducation. Il regarda son petit compagnon, ses yeux brillaient comme s'il avait compris la raison de leur départ. Au fond de lui Sawyer ressentait une crispation du côté du cœur, il était… non impossible. Mais oui, il était tout simplement jaloux de ce sale type. Pourquoi Sam ne l'oubliait-il pas ? Il l'avait quand même abandonné ce sale rat.

- Je te préviens Sam, dit-il en serrant un peu plus fort son volant. Si je fais ça c'est vraiment pour te faire plaisir, c'est pour que tu puisses lui faire tes adieux, tu m'as bien compris ? C'est la dernière fois que tu le verras.

Sam poussa un long gémissement et le regarda tristement. Sawyer soupira.

- OK, peut-être qu'on pourra le voir une fois de temps en temps. Alors arrête ton cinéma et ne me fais plus ton regard de chien battu.

Sam aboya joyeusement, faisant rire Sawyer.

Ils arrivèrent devant les grilles du centre de rééducation, un bel endroit niché au cœur de la verdure, sûrement pour permettre aux personnes traumatisées de se remettre en douceur. Il arrêta la voiture quelques instants. Sawyer appréhendait cette rencontre, il détestait les policiers. L'uniforme ne faisait pas pour autant d'un homme une personne respectable. Il en avait rencontré des flics pourris dans sa jeunesse, et il sentit un goût de bile remonter dans sa gorge. Sam émit un bref aboiement comme pour l'inciter à continuer.

- C'est bon on y est, et tu n'oublies pas Sam, tu repars avec moi, tu as bien compris.

Ce chien était si intelligent qu'il observa attentivement Sawyer et sembla même hocher la tête ce qui le fit sourire.

Ils rencontrèrent Sandy l'amie de Meg, c'était une jolie brune abordant la cinquantaine avec des yeux pétillants de malice, aussi sympathique que sa tante et dotée d'une énergie débordante. En fait, les deux femmes se ressemblaient étrangement. Elle parut soulagée en voyant Sam, elle se pencha vers lui et le caressa longuement. Elle regarda son amputation puis l'embrassa sur la truffe.

- Brave bête, j'espère que tu feras des miracles, dit-elle en s'adressant directement au chien. Ton maître a besoin de retrouver l'espoir, une raison de se battre.

- Comment ça ? Demanda Sawyer étonné.

- Il… on dirait qu'il a abandonné le combat, il a renoncé. Jared est apathique, son regard est éteint, il s'affaiblit, ne mange plus, reste prostré des journées entières, ne parlant à personne. Quand je lui ai dit que vous alliez venir avec Samson son visage s'est illuminé. Il vous attend dans le parc, venez vite.

Ces paroles remuèrent profondément Sawyer, elle avait décrit les mêmes symptômes que Sam lors de leur première rencontre. Il sentit un nœud dans sa gorge, et tira sur le col de sa chemise comme pour mieux respirer. Il avait les mains moites, et les jambes flageolantes, c'est fou ! Mais quel idiot il était. Sawyer n'était plus ce jeune ado effrayé, par des policiers qui l'interrogeaient avec insistance et brutalité.

Le parc était un endroit paisible avec des tables disposées à l'ombre d'arbres majestueux. Sawyer se mordit les lèvres en voyant tous ces êtres humains brisés par la vie, beaucoup étaient en fauteuil roulant, certains amputés d'un membre, d'autres enfermés dans des corsets. Oh bon sang ! Qu'il détestait cela, il se sentait mal, piégé. Il prenait conscience de la chance qu'il avait.

Dire que Meg avait travaillé ici, c'est peut-être cela qu'elle voulait lui faire comprendre, que lui pouvait surmonter ses traumatismes. Son combat était moins difficile, et en voyant tous ces gens affronter courageusement le plus rude combat de leur vie, il se sentit médiocre. Comme un enfant trop gâté par la vie qui ne cesse de pleurer sur ses petites misères, ne prenant pas conscience de son bonheur. Car aujourd'hui la vie lui souriait, grâce à Buddy il avait un ranch, une société florissante, une famille et des amis.

Il poussa un long soupir, et entendit tout à coup un cri venant du fond du cœur, Sam se précipita en aboyant joyeusement. Il suivit du regard son chien ne voulant pas perdre une miette de leurs retrouvailles.

Sam sauta sur un homme en fauteuil roulant au risque de le faire tomber, mais l'homme riait et pleurait à la fois caressant Sam, enfouissant sa tête dans ses poils. Sawyer sentit une larme couler qu'il essuya furtivement, Sandy le regardait en souriant tendrement.

- Meg ne s'est pas trompée, vous avez beaucoup de cœur, j'espère que vous pourrez l'aider. C'est un type bien, il lui faut juste une seconde chance.

Sawyer ouvrit grand la bouche, une seconde chance ! Décidément ces mots le poursuivaient, exactement ceux que sa tante aurait utilisés. Il se dirigea d'un pas lent vers ce duo, heureux de se retrouver. À son approche l'homme se redressa dans son fauteuil. Il devait avoir un peu plus de quarante ans, Jared était roux avec des yeux verts, il devait être assez grand environ un mètre quatre-vingt. Mais ce qui frappa Sawyer ce fut sa maigreur, ce regard éteint, cet état de fragilité, il était cadavérique. Il lui rappelait effectivement Sam dans son box.

L'homme le regarda un long moment, gêné de s'être montré aussi sensible, il continuait de caresser Sam qui lui léchait les mains en gémissant, heureux de retrouver son maître. Jared s'humecta les lèvres.

- Merci…merci de l'avoir pris avec vous, merci d'être venu me voir. Je sais que pour vous ce n'est pas facile, votre tante m'a expliqué votre phobie des policiers.

À ces mots Sawyer se redressa. On aurait dit qu'il était atteint d'une maladie incurable, non mais franchement ! Qu'avait donc pu raconter Meg ?

Avec elle il fallait s'attendre à tout. Il eut honte de son comportement si puéril face à toute cette souffrance réelle qui l'entourait.

L'homme lui tendit la main et machinalement Sawyer s'en saisit.

- Oui je suis flic et vous un ancien repris de justice, elle m'a raconté votre arrestation, votre emprisonnement par erreur. Même si vous aviez commis de petits larcins dans votre jeunesse vous ne méritiez pas ça, et encore moins cinq ans de prison.

Sandy qui venait de s'approcher les regarda avec un sourire tendre sur les lèvres. Sawyer lui jeta un bref coup d'œil et s'adressa de nouveau à Jared.

- Ouais ! Je n'aime pas les flics, dit-il d'un air bougon.

- Et moi les voyous, répliqua Jared sur le même ton.

Sawyer fronça les sourcils, cela commençait bien. Sam les regardait à tour de rôle, secouant la tête de droite à gauche si vite que cela en était comique. Il ne semblait pas comprendre la tension qui régnait entre les deux hommes. Sawyer quitta son stetson et le fit tourner dans ses mains d'un air gêné. Il toussota.

- Hum ! Cela fait quoi de nous alors ? Reprit-il indécis.

Sandy se pencha vers les deux hommes.

- Deux idiots ! Dit-elle dans un grand éclat de rire avant de s'éloigner.

Ils pouffèrent de rire et se regardèrent de nouveau, surpris par leur réaction identique.

- Si on recommençait tout, reprit Sawyer en tendant la main. Je suis Sawyer le nouvel ami de Sam.

- Heu ! Jared... Sam ? Vous avez dit Sam ?

- Franchement, dans un ranch ou sur des chantiers, Samson c'est plutôt pompeux. Il a une tête à s'appeler Sam. Après tout, une nouvelle vie implique un nouveau nom.

À peine avait-il prononcé ces mots qu'il grimaça, en voyant la peine sur le visage de Jared, Sandy avait raison il n'était qu'un idiot. Sawyer décida de l'obliger à réagir.

- Sandy pense que vous avez baissé les bras, que vous renoncez.

Jared se redressa dans son fauteuil, le regard étincelant de colère, tant mieux pensa Sawyer l'homme avait encore une étincelle de rage au fond de lui.

- Vous ne pouvez pas comprendre, personne ne le peut.

Sawyer tira une chaise se trouvant à ses côtés, et s'installa tranquillement.

- J'ai toute ma journée, je vous écoute. Croyez-moi la vie n'a pas été tendre avec moi, alors je peux tout entendre. Mais j'aimerais comprendre pourquoi un type comme vous renonce au plus rude combat de sa vie ?

L'homme le regarda en silence un long moment, puis il soupira et baissa la tête. Sam poussa sa truffe sous sa main comme pour l'encourager à parler, alors il commença son récit.

- Je vivais à San Francisco, avec Samson nous formions une sacrée équipe, nous en avons arrêté des délinquants, des trafiquants. Mais, dit-il en relevant la tête, un jour sans savoir pourquoi votre vie vous explose à la figure, comme si tous les évènements se succédaient en une fraction de secondes. Vous perdez le contrôle, vous avez la sensation d'être broyé. La vie vous laisse KO sur le bord du chemin. Vous vous réveillez et vous avez tout perdu, à quarante-cinq ans c'est dur.

Le temps semblait s'être arrêté, Sawyer soupira, en l'observant attentivement.

- Oui, je connais bien cette sensation, j'ai vécu la même expérience. Comme dans un crash aérien, on se sent impuissant, on ne peut que fermer les yeux et attendre que cela se passe, mais on ne peut rien faire pour l'éviter.

Jared opina de la tête.

- C'est ça ! Ce matin-là, ma femme venait de m'annoncer qu'elle me quittait au bout de quinze ans de mariage, pour filer le parfait amour avec un de mes collègues…. En fait, mon meilleur ami, il grimaça à ces mots… ex-meilleur ami. J'étais fou furieux ! On se côtoyait tous les jours, j'aurais dû me douter de quelque chose, mais je n'ai rien vu venir. Quel flic je fais, dit-il en secouant la tête tristement.

- Parce que quand les gens nous sont proches on ne peut pas imaginer une seconde qu'ils sont capables de nous trahir. Voilà pourquoi, quand cela arrive c'est si douloureux, notre monde s'écroule.

Jared opina la tête de nouveau.

- Je suis parti en mission je n'aurais pas dû, je n'étais pas dans mon état normal. Quand cette course poursuite a commencé, j'ai perdu le contrôle, je n'avais pas la tête au travail. Au final Samson… Sam a perdu une patte et moi mes jambes. Je le méritais quelque part peut-être, mais pas lui. J'aurais dû être à ses côtés quand on l'a amputé. Il était seul pour traverser cette épreuve.

Jared soupira tristement.

- J'ai l'impression de l'avoir trahi, de ne pas avoir été digne de son amour. Vous imaginez quand il s'est réveillé sans sa patte et qu'il a dû me chercher, ce qu'il a pu ressentir à ce moment-là. Moi j'ai honte, c'est mon meilleur ami, mon rôle était d'être à ses côtés pour le soutenir, le cajoler, il en avait besoin. Oh ! J'avais bien trouvé une personne pour s'en occuper, mais

Sam était malheureux, ce n'était pas pareil. Alors quand j'ai appris que mon état nécessiterait encore des mois d'hospitalisation, j'ai su ce que je devais faire, pas pour moi, oh non ! Car il me manque à chaque instant, mais pour lui, pour son bien-être. Sa vie est courte, à cause de moi il a déjà suffisamment souffert. Je voulais qu'il soit heureux, dit-il en le caressant tendrement.

Sam qui avait la truffe posée sur les genoux de Jared se mit à gémir doucement, comme s'il comprenait tout. Sawyer ressentit de nouveau cette crispation au fond de son cœur. Des angoisses, du chagrin peut-être, à moins qu'il soit cardiaque, ce qui expliquerait cette douleur qui commençait à beaucoup l'inquiéter, maudite Meg ! Elle savait où le toucher pour le faire réagir.

- Et alors ce n'est pas une raison pour baisser les bras, pour renoncer.

- Je n'ai pas cessé de lutter, vous dites n'importe quoi ? S'insurgea Jared en se redressant belliqueux dans son fauteuil.

- Ouais ! Et bien ce n'est pas ce que pense Sandy.

Jared baissa de nouveau la tête.

- Vous ne pouvez pas comprendre. La trahison de ma femme et de mon meilleur ami j'aurais pu avec le temps surmonter cela, mais quand je me suis réveillé dans ce lit, quand…

- Quand quoi ?

- Quand on vous explique que votre état est grave, au début on se dit OK j'en ai pour un long moment c'est tout. Mais lorsqu'on réalise un matin qu'en voulant lever la jambe celle-ci ne bouge pas, on comprend ! C'est la pire des trahisons celle de votre propre corps, c'est terrible. Croyez-moi, dit-il en le fixant intensément, vous ne pouvez même pas imaginer ce qu'on ressent.

Sawyer voyait l'émotion intense passer dans le regard de cet homme désillusionné.

- J'ai eu l'impression que mon cœur se décrochait comme un ascenseur qui rompt son câble, c'est une chute vertigineuse. Je forçais mon esprit, j'ordonnais à mon cerveau de bouger, mais rien à faire, mes jambes étaient inertes. Alors oui j'ai pleuré, j'ai douté, j'étais en colère contre le monde entier, contre l'injustice de ma situation. Je ne méritais pas ça, c'était l'ultime trahison, celle-là je ne pouvais pas l'accepter.

Sawyer mit sa main sur son épaule pour le réconforter. Comment aurait-il réagi ? Sûrement comme lui, d'espoir en désespoir. Pour un seul homme cela faisait beaucoup à endurer.

- Certains médecins au début, n'osent même pas vous dire la vérité, comme si on voulait vous laisser le temps de vous habituer à cette idée. L'espoir c'est parfois cruel on s'y accroche, et puis un matin on comprend que c'est fini, que vous resterez handicapé à vie, vous n'êtes plus bon à rien, c'est terminé. Une personne du corps médical vous le dira, car on vous jugera alors prêt à entendre la vérité. Pour mieux l'accepter, on vous conseillera de voir un psy. Pff ! Comme si cela allait changer la réalité.

Il secoua la tête doucement.

- Vous savez… pendant longtemps j'ai pensé qu'ils se trompaient, que je serai l'exception qui confirme la règle, qu'un matin je verrai mes orteils bouger, et puis au fil du temps on réalise, et là ça fait mal.

Sawyer hocha tristement la tête. Il imaginait bien les sentiments qu'on devait ressentir, le désarroi, la perte totale de repères. Mais que pouvait-il faire pour l'aider ? Bon ! D'accord c'était un flic, mais en regardant Sam, l'attachement qu'il lui portait, il voyait d'abord un homme en souffrance. Eh flûte ! Voilà que cette maudite crispation à la poitrine revenait, il soupira.

- Désolé je vous embête avec mes problèmes, laissez tomber je me débrouillerai. Je ne sais même pas pourquoi je vous raconte tout ça.

Sawyer regarda des documents rangés en pile sur une petite table à côté d'eux.

- C'est quoi tout ça ? Dites donc vous êtes un maniaque des papiers, précisa-t-il en prenant des documents épinglés avec des post-it de différentes couleurs.

- C'est la seule chose que je peux encore faire. Je monte mon dossier. Quand je sortirai d'ici il me faudra un logement adapté. Je ne peux pas faire les démarches seul, oh ! Bien sûr, ici ils me fournissent l'assistance nécessaire si besoin, mais je veux me prouver que je suis encore bon à quelque chose.

- Vous n'avez pas peur du monde extérieur ?

Jared haussa les épaules tristement.

- Au point où j'en suis. Normalement nous avons des périodes à l'extérieur, on nous propose de partir du centre une quinzaine de jours pour s'habituer, prendre nos marques.

- Et alors ?

- Pff ! Pour aller où ? J'ai déménagé ici après l'accident. Je ne voulais pas voir la pitié dans le regard de mes amis, je n'ai plus de famille. Je n'ai… je n'avais que Samson, pardon Sam. Du coup je refuse ce stage de réapprentissage de la vie à l'extérieur. On verra bien le moment venu, en fait je m'en fous !

Sawyer siffla entre ses lèvres. Dans un sens il le comprenait, cela faisait beaucoup pour un seul homme, mais en voyant le regard de Sam appuyé sur lui, il se demanda encore une fois comment l'aider sans avoir l'air de le prendre en pitié ? C'est en voyant les dossiers parfaitement alignés qu'une idée fusa.

- C'est quand votre stage d'apprentissage ?

- Quoi ? Euh ! Normalement à la fin du mois, de… réadaptation plutôt, mais pourquoi ?

- Parfait ! Il reste donc trois semaines. Bon ! Tenez-vous prêt, je viendrai vous chercher, je vais m'arranger avec Sandy.

Jared fit une grimace et furieux répliqua.

- Vous avez pitié parce que je suis handicapé, c'est ça ?

Sawyer secoua la tête, il allait devoir se montrer diplomate, ce n'était pas son truc pourtant.

- Je n'ai pitié de personne et surtout pas d'un flic. Je ne fais pas dans le baby-sitting. Mais vous l'avez dit vous-même, répliqua-t-il en montrant Sam. Il ne mérite pas ça. Tous les soirs il n'arrête pas de geindre, je n'en peux plus. Alors vous passerez votre stage de réadaptation au ranch. Mais ne croyez surtout pas que ce seront des vacances gratuites. Meg s'occupe de notre linge, du ménage, de la cuisine et des papiers. Je sais qu'elle préférerait passer plus de temps au refuge, alors si vous pouviez me dépanner en tenant le bureau, vous me seriez très utile. Au bout de ce stage, si nous sommes d'accord, le poste sera définitivement à vous. Qu'en pensez-vous ?

Jared éberlué le regarda un long moment en silence, la bouche grande ouverte.

- Bon ! Vous vous décidez, ou bien votre cerveau aussi est paralysé. Je ne vais pas y passer la journée moi ! Bougonna Sawyer faussement irrité.

- Oh ! Euh ! Bien sûr ! Si c'est pour vous rendre service, je veux bien, mais il faut des aménagements je ne peux pas débarquer comme ça chez-vous, et puis… j'ai besoin de soins, d'aide, c'est de la folie ! Vous êtes sûr de vouloir de moi ?

L'homme semblait sous le choc. Parfait ! Pensa Sawyer, ainsi il ne lui laisserait pas le temps de réfléchir.

- Pour les travaux, pas de problème, je suis entrepreneur, je vais me renseigner de tout ce que vous aurez besoin, et pour les soins Meg est infirmière. Donc c'est ok ? Vous vous chargerez de Sam, qu'il cesse de pleurnicher le soir, et de tous mes papiers ? Sawyer tendit sa main, attendant que Jared la saisisse.

Celui-ci incrédule tendit la sienne, et pour la première fois offrit à Sawyer un sourire. Sam émit un bref aboiement, lui aussi semblait heureux.

- Par contre essayez de vous remplumer. Je vous l'ai dit il y aura du boulot.

Jared sembla se regarder attentivement, il hocha la tête et posa ses mains tremblantes sur ses cuisses. Sawyer vit à quel point il était ému.

Il siffla Sam et s'éloigna d'un pas nonchalant vers Sandy qui semblait l'attendre. Il lui expliqua ses projets et celle-ci tout sourire lui tendit un dossier sur les travaux d'aménagement nécessaires, qu'elle tenait caché derrière son dos. Sawyer jura entre ses dents. Ce qui fit rire Sandy.

- Meg m'avait dit de vous faire confiance, que vous lui donneriez sa chance. Il a besoin de vous tous, croyez-moi c'est un type bien.

- Je vais finir par croire que Meg n'est qu'une horrible sorcière.

- Attention ! Je vais le lui répéter, répondit-elle mutine.

- Oh ! Croyez-moi, elle va m'entendre à mon retour. Surtout faites-moi plaisir, ne lui dites rien, laissez-moi lui annoncer. Ce sera ma petite revanche personnelle, murmura-t-il en lui faisant un clin d'œil.

Sandy pouffa de rire en acquiesçant.

De retour au ranch Sawyer vit sa tante qui l'attendait d'un air anxieux sous le porche, elle tenait un torchon dans les mains qu'elle n'arrêtait pas de froisser. Il n'eut même pas le temps de descendre du véhicule qu'elle l'apostropha.

- Alors ?

- Ouais ! C'est fait, Sam lui a dit définitivement au revoir.

- Quoi ? Attends Sawyer raconte-moi tout ? Que s'est-il passé exactement ? Tu as pris le temps de lui parler ? Tu n'as pas été touché par sa détresse ? Je croyais que…

Sawyer se pencha vers Meg tout doucement.

- Tu croyais quoi Meg ? Rétorqua-t-il en plissant les yeux d'un air sévère.

- Je… j'espérais que… Bon sang ! Sawyer ne me dis pas que tu n'as pas vu que cet homme méritait une seconde chance.

Sawyer prit une grande respiration les narines frissonnantes, encore cette maudite expression.

- Non !

Il se dirigea alors d'un pas nonchalant vers la cuisine, suivi de près par sa tante furieuse de voir son petit plan tomber à l'eau. Il pouvait sentir sa colère dans son dos. Il ouvrit la porte du réfrigérateur et prit une bière bien fraîche qu'il décapsula. Voir sa tante déstabilisée, lui donna envie de rire, il eut un mal fou à se retenir. Elle l'observa plus attentivement et lui donna un grand coup de torchon sur le bras.

- Oh ! Tu me fais marcher c'est ça ?

Sawyer éclata de rire, il posa sa bière sur le comptoir et souleva sa tante de terre en la faisant tournoyer.

- Oh ! Meg si tu avais vu ta tête, pouffa-t-il de rire.

Meg s'esclaffa toute joyeuse.

- Tu n'es qu'un vilain garnement Sawyer, alors raconte-moi tout.

- Il viendra passer son stage de réadaptation de la vie à l'extérieur ici, mais il travaillera. Ce gars a surtout besoin de savoir qu'il est utile, et je sais très bien que tu détestes tout ce qui est paperasse.

Meg fit une grimace comique.

- C'est vrai que je n'aime pas trop rester assise derrière un bureau. Il a accepté ?

- Il adore ça, un vrai maniaque, si tu avais vu ses dossiers, j'ai l'impression qu'il utilise un code couleur, car chaque post-it était différent et il faisait des piles bien rangées. Je crois qu'on tient notre homme Meg, tu seras plus libre d'aider Cassie.

Celle-ci de joie tapa dans ses mains.

- À la bonne heure ! Je vais enfin me débarrasser de cette corvée. Mais ce stage ne dure que quinze jours, ensuite que se passera-il ?

Sawyer reprit une gorgée de sa bière avant de reprendre.

- Si tout se passe bien, il aura le poste à temps plein. Mais nous avons du boulot Meg, je dois aménager une des baraques que je viens d'acheter, je l'installerai juste à côté de la tienne et toi tu devras te charger des soins. On va le chouchouter ton gars, il ne voudra plus jamais repartir, tu verras Meg !

Sa tante tout sourire, prit Sawyer dans ses bras, tira sur sa chemise pour l'obliger à se baisser, et l'embrassa sur la joue.

- Tu es un mec bien Sawyer.

- Et toi la reine des manipulatrices, conclut-il en lui faisant un clin d'œil.

CHAPITRE IV

Les semaines défilèrent à une vitesse incroyable, Sawyer profitait de chaque instant de libre pour préparer la maison de Jared. Meg l'aidait afin de mieux l'aménager, elle avait même récupéré du matériel stocké au centre de rééducation lors de sa rénovation. Il se recula pour mieux observer les travaux.

- Tu as fait du bon boulot Sawyer, murmura sa tante à ses côtés. Et je trouve que cette couleur jaune pâle est pimpante, joyeuse tout ce dont il a besoin. Mais je croyais que tu voulais vendre cette maison ?

- Si je gagne un homme à tout faire, cela vaut le coup Meg, et puis c'est ce que tu voulais non ?

Elle se mordilla les lèvres, puis hocha la tête doucement.

- Je… je n'ai pas pu aider ma sœur au moment où elle en avait le plus besoin, alors aider les animaux ou des gens comme Cassie, Jared, Buddy Ou Tyler, c'est peut-être ma façon de me racheter.

Sawyer l'enlaça tendrement.

- Tu as fait ce que tu as pu pour maman, arrête de culpabiliser. Elle avait fui sa famille pour vivre avec un vaurien, personne n'aurait pu empêcher cela. Quand tu m'as retrouvé tu as tout lâché pour venir m'aider, et je n'aurais jamais assez de mots pour te remercier. Alors maintenant commençons notre mission Jared, conclut-il en déposant un baiser sur la tempe de Meg.

Il se dirigea vers son véhicule, prit Sam dans ses bras, avec une patte en moins, il n'arrivait pas à grimper tout seul. Meg le regarda manœuvrer, il voyait l'émotion dans son regard.

Lorsqu'il arriva au centre, il fut surpris par la métamorphose de Jared, ses yeux pétillaient de bonheur, il avait repris un peu de poids et de couleurs. Sam ne cessait d'aboyer joyeusement à ses côtés.

Tout le long du trajet Jared ne cessa de poser des questions. Peut-être sa façon de se rassurer. Sawyer qui détestait raconter sa vie accepta quand même de bonne grâce d'y répondre.

L'homme fut impressionné en découvrant le ranch. Il émit un sifflement entre ses lèvres.

- C'est quoi toutes ces maisons entreposées dans ce champ ?

- Les quatre premières ont été rachetées et vont être chargées cette semaine pour partir chez leurs nouveaux propriétaires. Les autres sont en cours de restauration. Je suis entrepreneur, j'achète de vieilles baraques que je ramène ici, nous les transformons, les retapons et nous les revendons. C'est très lucratif, vous ne manquerez pas de papiers à remplir, dit-il en riant, fier de sa réussite.

- Je n'imaginais pas une telle entreprise.

- C'est une partie de mon travail, je construis aussi, ou je démolis tout dépend de la demande du client.

En arrivant devant la bâtisse principale, Sawyer aperçut Meg et Tyler qui les attendaient. Il descendit le premier du véhicule approcha le fauteuil roulant du côté de Jared et l'aida en le soulevant. Il l'entendit pester, mais son véhicule était bien trop haut pour qu'il y arrive tout seul. Un seul sourire de Meg le calma, elle avait le don d'apaiser les égos les plus surdimensionnés. Tyler s'avança à son tour intimidé.

- Et voilà votre maison, dit-il en faisant un grand geste de la main. J'ai aidé Sawyer et Meg à la retaper, j'espère qu'elle vous plaira.

Jared resta bouche bée, en observant la rampe permettant d'y accéder.

- Sérieux ! Vous avez aménagé une maison complète pour moi ?

- Il valait mieux, répliqua pince sans rire Meg, un flic et un repris de justice dans la même maison, cela aurait fait des étincelles.

Ils se regardèrent et éclatèrent de rire, en se rappelant leur rencontre. Sawyer mit sa main sur son épaule.

- On voulait que vous vous sentiez à l'aise parmi nous. Venez visiter l'intérieur.

Il se dirigea vers la maison laissant Jared se débrouiller seul avec son fauteuil, il avait compris que c'était important pour lui. Jared s'extasia n'en revenant pas du travail effectué.

- Même ma maison d'avant n'était pas aussi belle, cette cuisine, tout cet espace, cette salle de bains spécialement conçue pour une personne handicapée, c'est incroyable.

Il se tourna vers Sawyer des larmes plein les yeux.

- Merci. Et soyez rassuré, je ferai du bon boulot, si vous voulez je peux attaquer maintenant.

- Oh là oh là ! On se calme, répliqua joyeusement Meg, d'abord on va manger, ensuite je dois aller au refuge cet après-midi, donc nous verrons les papiers demain. Ne vous en faites pas Jared, je connais bien le patron, il aboie mais ne mord pas.

Sawyer pouffa de rire comme Tyler.

Meg avait raison, Jared était peut-être un flic, mais c'était surtout et avant tout un homme sympathique, écrasé par le poids d'évènements trop lourds à supporter pour une personne seule. Pendant le repas, ils apprirent à se connaître, Jared semblait heureux de découvrir leur communauté ou famille, Sawyer grimaça, en fait il ne savait plus comment définir leur groupe, mais il se sentait bien et heureux. Il espérait juste que Jared trouverait enfin la paix et le bonheur parmi eux.

Les jours suivant une certaine routine s'installa, Meg passait ses matinées auprès de Jared lui apprenant le métier, puis tous les après-midis, elle rejoignait Cassie au refuge. Tyler, Sawyer et son équipe retapaient les maisons, les demandes affluaient de plus en plus, et il était fier de son travail. Il ôta son stetson et le tapota contre sa cuisse, regardant Tyler s'avancer tout joyeux.

- Sawyer je pars en ville, on va faire un bowling ce soir, tu pourras prévenir Meg s'il te plait ?

Celui-ci hocha la tête en souriant, heureux de voir le gamin vivre une vie normale d'adolescent, sa principale préoccupation n'était plus de trouver un abri et de se nourrir. Il siffla son chien qui trottina à ses côtés. Le matin Sam restait avec Jared, mais il passait tous ses après-midis aux côtés de Sawyer, semblant partager son temps entre les deux hommes, Sawyer secoua la tête et se baissa pour caresser son nouvel ami. Il l'aida à grimper dans son 4x4 pour rejoindre le ranch.

En arrivant, il découvrit Meg et Jared installés sous le porche en pleine discussion. Meg semblait irritée ce qui étonna Sawyer car elle adorait Jared. Il s'approcha doucement et s'appuya sur la rambarde, les observant attentivement.

- Que se passe-t-il ? On dirait un vieux couple qui se chamaille, ironisa-t-il un sourire en coin.

Meg poussa un long soupir.

- Jared me demandait l'histoire de Tyler, il pense que nous devrions en parler au shérif et au service de l'enfance.

- Pas question ! Répliqua Sawyer en se redressant.

- Mais vous vous rendez compte des problèmes que vous pourriez avoir ? C'est un mineur ! Il a fui un foyer d'accueil, il doit être recherché. Vous êtes un repris de justice, vous imaginez les conséquences ?

Meg jeta un regard furtif à Sawyer, l'inquiétude se lisait sur son visage, elle se mordillait les lèvres.

- Je ne veux pas trahir sa confiance et le pousser à fuir de nouveau. Ici il a un foyer, un travail, on s'en occupe, il est heureux. Je ne l'envoie jamais sur les chantiers, il reste sur le ranch. En plus j'ai été reconnu innocent, alors fin de la discussion, précisa-t-il fermement.

Jared soupira un long moment, puis leva les mains en signe de paix.

- Écoutez ! Laissez-moi une chance d'arranger tout ça. Je vais aller voir le shérif, si c'est un homme raisonnable il comprendra, et la situation sera éclaircie. Je ne veux pas qu'on vous retire le jeune. C'est vrai, il est bien ici et je le comprends. Je veux juste vous éviter des problèmes, en régularisant sa présence.

Sawyer regarda sa tante un long moment, celle-ci hocha la tête en signe d'assentiment. Il se laissa lourdement tomber dans un fauteuil à leurs côtés.

- C'est bon ! Mais je vous préviens si le gosse s'enfuit de nouveau, je ne vous le pardonnerai pas.

Jared le fixa intensément. Il connaissait la rancœur de Sawyer à l'égard de la police, il voulait juste l'aider.

- Meg me disait qu'il était venu dans cette ville pour retrouver sa mère ?

Sawyer le confirma en hochant la tête.

- Mais comment espère-t-il la retrouver ?

- Le gosse traîne avec lui une boîte, elle est enfermée dans un coffre dans sa chambre, avec le peu qu'il sait de sa mère, de ses origines. Le seul point précis, c'est qu'elle serait du coin. Cela fait un an qu'il cherche sans répit.

- Mais vous n'avez pas réussi à l'aider ?

- Il ne veut pas qu'on l'aide, il dit qu'on en a assez fait pour lui, Tyler ne veut pas nous entraîner dans ses problèmes. Il pense y arriver seul, mais en fait il ne progresse pas du tout, soupira Meg tristement.

- Pour l'aider, il faudrait savoir ce que renferme cette boîte ? Précisa Jared

- Hum ! Rien d'intéressant, murmura Sawyer.

- Mais je croyais qu'il ne voulait pas montrer son contenu.

- Exact ! Mais vous oubliez un détail, mon père m'a appris une seule chose dans ma vie c'est comment ouvrir un coffre-fort, aucun ne me résiste, alors un simple cadenas, pouffa de rire Sawyer.

- Mais c'est interdit, c'est à lui, vous n'auriez pas dû, s'insurgea Jared.

- Hé ! Vous l'avez dit, on devait connaître le contenu pour pouvoir l'aider. Je ne voulais pas le voler. C'était juste pour la bonne cause, c'est tout ! Répliqua Sawyer légèrement vexé.

Les deux hommes se défiaient du regard, Meg soupira.

- Oh ! On se calme, Jared. Sawyer a raison on voulait juste aider et puis arrêtez de vous vouvoyer. Nous avons une mission importante, aider Tyler à retrouver sa mère. Sawyer va chercher ce coffre, et toi Jared tu n'es plus flic, aide-nous juste avec tes compétences à résoudre cette énigme.

Les deux hommes surpris par l'air déterminé de Meg opinèrent de la tête en silence. Sawyer se leva pour chercher ce coffre mystérieux renfermant le passé de Tyler. Il déposa la boîte devant Meg et Jared. En deux secondes il ouvrit le cadenas sous le regard médusé de Jared.

- À toi l'honneur fit Sawyer en poussant la boîte vers lui, le tutoyant pour la première fois.

Jared sourit, puis commença à sortir un à un tous les objets et documents contenus dans cette boîte mystérieuse. Ce fut le bruit d'une voiture remontant le chemin qui les fit sursauter.

- Ah ! C'est Cassie, elle devait me porter des documents, remarqua Meg en soupirant.

Celle-ci se gara juste devant la maison et s'approcha en souriant.

- Hum ! Vous avez la tête de conspirateurs.

- C'est exactement ce que nous sommes, répondit amusée Meg, viens vite, nous sommes en train d'essayer d'aider ce pauvre Tyler à retrouver sa mère.

- Ah ! La fameuse boîte mystérieuse.

Cassie, tendit une enveloppe à Meg et salua tout le monde, Sawyer l'observa avec attention, cette femme l'intriguait. Elle avait eu une carrière prometteuse dans un grand cabinet d'avocats et elle avait tout laissé tomber du jour au lendemain pour venir ouvrir un refuge dans ce trou perdu. Il émanait d'elle une distinction innée qui l'avait toujours mis mal à l'aise, il se sentait inférieur à elle. Pourtant Cassie était une fille sympathique avec un cœur énorme, comme Meg.

- Oh ! C'est tout ce qu'il y a. C'est peu et tellement triste pour Tyler, énonça d'une voix émue Cassie.

- Hum ! Pauvre gosse, piètre héritage précisa Jared avec émotion. Meg tu vas noter les objets, toi Sawyer tu photographies tout au fur et à mesure que je les prends. Donc un nounours passablement usé.

Sawyer grimaça, ce nounours l'avait déjà touché la première fois. C'était un cadeau d'amour d'une maman à son enfant, mais pourquoi l'avait-elle abandonné ? Il soupira et le prit en photo.

- Ah ! Voilà qui est intéressant. Nous avons une chaîne avec une médaille en forme de cœur et le prénom féminin, Emma. Ça c'est un bon début de piste. Sûrement sa mère, s'écria joyeusement Jared.

Puis Jared observa avec attention le deuxième objet accroché à la chaîne c'était une chevalière, une bague masculine.

Tiens donc ! Peut-être une info sur son père. Nous avons les initiales J-H entrelacés. Voilà un détail très important tu as tout noté Meg ?

Celle-ci hocha la tête.

- C'est drôle, cet entrelacement de lettres me rappelle quelque chose, murmura Cassie pensive.

- Tu crois qu'avec tout ça on arrivera à la retrouver ? Demanda anxieusement Sawyer.

- Nous avons appris des choses très importantes qui vont nous aider dans notre enquête, précisa Jared heureux.

- Ah ! Oui. Mais quoi donc ? Nous avons juste des initiales, avec ça on n'ira pas loin, affirma d'un air désespéré Sawyer.

- Erreur mon cher Watson ! Répondit pince sans rire Cassie, Jared a raison, nous venons de faire un grand pas.

Meg et Sawyer échangèrent un regard incrédule. Mais que voyaient-ils dans ces indices ?

- Premièrement continua Cassie tout sourire, nous savons que Tyler n'est pas le résultat d'un viol, il s'agit d'une médaille d'amour et l'homme que nous supposons être son père lui a offert sa bague, donc nous pouvons en déduire, qu'il n'est pas le fruit d'une aventure d'une nuit, mais bien d'une relation.

Jared pointa son index vers eux les yeux pétillants de malice.

- Exactement ! Donc en trouvant la mère, nous découvrirons également l'identité du père et Tyler ne doit pas en espérer autant.

- Oh ! Mais c'est génial, s'extasia Meg. Quand on racontera à Tyler nos découvertes, il n'en reviendra pas.

- Non ! Nous ne dirons rien à Tyler, nous ne devons pas lui donner de faux espoirs, affirma Jared avec détermination.

- Mais, il faudra bien lui dire tôt ou tard que nous l'aidons, il a besoin de savoir qu'il n'est pas seul, qu'on le soutient dans ses recherches, murmura Sawyer en regardant Jared.

Celui-ci penché vers la boîte ne semblait pas l'écouter.

- Eh ! Voilà un autre indice.

Meg et Sawyer regardèrent à leur tour, mais il n'y avait qu'un vieux morceau de journal qui avait dû servir à entourer les objets.

- Que comptes-tu faire d'un vieux morceau de papier ?

Jared l'avait déplié et l'observait avec attention.

- C'est une page du journal du lycée de la ville de Woodway, donc nous savons où commencer notre enquête, en plus il date du mois de septembre deux mille trois. Elle devait donc habiter ici.

- Oh ! C'est la date de naissance de Tyler, il est né le quatre septembre de cette année-là, précisa Meg.

Jared fronça les sourcils réfléchissant intensément à tous ces indices, il les prit un par un pour les remettre dans la boîte, puis tendit celle-ci vers

Sawyer qui remit le cadenas avant de la reposer sous le lit de Tyler. Il se laissa de nouveau tomber dans son fauteuil aux côtés de Meg, Cassie et Jared.

- Et maintenant on fait quoi ? Demanda-t-il en passant les mains sur son visage.

- Hum ! On devrait commencer par le lycée, cela sera le point de départ de notre enquête. Peut-être une étudiante qui est tombée enceinte et qui compte tenu de son âge n'a pas pu le garder, car bien trop jeune pour pouvoir l'élever. Cela commence à devenir intéressant. On remontera à partir de deux mille trois. Nous avons aussi les initiales J-H, on cherchera par la même occasion, ils devaient être ensemble au lycée. C'est peut-être son petit ami et probablement le père de Tyler, affirma Jared.

- Ne tirons pas de conclusions hâtives, il nous faut des preuves, répliqua Cassie avec détermination, mais cherchons du côté du Lycée c'est un bon début.

- Le gosse a déjà dû enquêter de ce côté-là, reprit Sawyer pensivement.

- Il n'a peut-être pas eu accès à toutes les infos, ou bien n'a pas compris l'importance de cet extrait de journal, suggéra Meg.

- Parfait ! Demain matin nous irons en ville, précisa Jared en regardant Sawyer nous commencerons notre enquête.

Sam gémit en posant sa tête sur ses genoux.

- Bien sûr Sam tu viendras avec nous comme au bon vieux temps, une mission nous attend mon grand, dit-il en l'embrassant sur la truffe.

Tout le monde s'esclaffa ce chien n'avait rien raté de leur discussion. On aurait dit qu'il voulait lui aussi participer. Sawyer pouffa de rire, cela devait faire partie de son ADN comme pour Jared. Maintenant qu'il connaissait l'homme cela ne le dérangeait plus, ils étaient devenus amis. Meg et Cassie entrèrent dans la maison.

Jared se mordilla les lèvres et Sawyer le regarda avec attention en fronçant les sourcils.

- Je voulais te dire Sawyer, si tu es toujours d'accord bien sûr, je … j'aimerais rester ici avec vous définitivement, je crois que je peux vous aider, et en fait j'ai l'impression d'avoir trouvé ma place parmi vous. J'ai eu Sandy au téléphone, elle me disait que si je voulais ce n'était pas nécessaire que je retourne au centre de rééducation Meg lui a fait un bon rapport sur ma condition physique et les médecins sont d'accord. Mais attention, reprit-il en se redressant brusquement, surtout ne me garde pas par pitié.

Sawyer eut un sourire en coin, Jared tournait autour du pot depuis des jours. Cela devait lui coûter de mettre de côté son égo.

- Eh ! Mon gars, je n'aurais jamais pitié d'un flic tu le sais bien, dit-il le regard pétillant de malice. Depuis le début tu as ta place parmi nous, j'attendais juste que tu en prennes conscience et regarde Meg, elle est plus détendue, la paperasse la rendait grincheuse, et puis elle n'est pas très douée, je l'avoue.

- J'ai tout entendu, s'écria celle-ci en s'approchant doucement. On pouvait voir l'émotion dans son regard.

Jared et Sawyer éclatèrent de rire.

CHAPITRE V

Le lendemain matin, Sawyer souleva Jared de son fauteuil roulant pour l'installer dans le 4x4 et procéda de la même façon pour Sam. Il voyait bien les lèvres pincées de Jared.

- Qu'est-ce qu'il y a ? On a oublié quelque chose ?

- Je n'aime pas cette façon que tu as de me poser dans ta voiture. On dirait un sac de pommes de terre ou de ciment, ça m'énerve.

- Oh ! Excusez-moi votre altesse sérénissime. La prochaine fois je mettrai un tapis rouge, répliqua Sawyer l'œil pétillant.

Puis il se tourna vers son ami.

- Tu devrais prendre exemple sur Sam et te détendre.

- Comment ça ?

Sawyer prit une grande respiration avant de continuer.

- Tu te plains tout le temps, tu rouspètes en permanence, regarde Sam, sa résilience, il a compris que les choses avaient changées, il s'adapte et c'est tout. Oui ce n'est pas marrant de dépendre des autres, mais si j'étais à ta place tu m'aiderais non ? Et je t'arrête de suite ce n'est pas de la pitié, c'est juste normal c'est tout.

Jared le regarda intensément, puis un grand sourire étira ses lèvres.

- Si je devais te porter misère ! J'y laisserais mon dos, tu fais presque deux mètres et tu n'es pas maigrelet.

Sawyer éclata de rire, heureux de voir qu'il comprenait.

- Parce que tu te crois léger peut-être, j'aurais dû réfléchir à deux fois avant de te demander de te remplumer. Mais si tu veux, la prochaine fois on prendra la voiture de Meg, elle est plus basse tu pourras essayer de t'y installer tout seul.

Jared opina de la tête en souriant.

- Arrête-moi d'abord au bureau du shérif.

- Pourquoi ?

- Je vais régulariser la présence de Tyler chez toi.

Sawyer grimaça et serra les dents à s'en faire mal. L'idée de mêler la police à tout ça le dérangeait. Il prit une grande respiration.

- Tu n'auras qu'à m'attendre dans la voiture, précisa Jared.

Il examina plus attentivement Sawyer qui se concentrait sur sa conduite.

- Tu ne m'as jamais raconté ton histoire Sawyer, alors que tu sais tout de moi. C'est quoi exactement ta phobie de la police ?

- Laisse tomber Jared. Le passé est le passé.

- Tiens donc, c'est marrant que les règles soient différentes pour toi.

Sawyer esquissa un triste sourire.

- Meg est ma tante.

- Oui j'ai cru comprendre, c'est elle qui t'a élevé ?

- Non… Hélas ! Avec Meg, j'aurais eu une belle vie.

Après un long silence il reprit.

- Meg est la sœur aînée de ma mère. Cette dernière s'était amourachée d'un Bad boy, un voyou de la pire espèce, elle a fui sa famille à dix-huit ans pour filer le parfait amour. Mais comme conte de fées on fait mieux, elle a très vite réalisé quelle erreur c'était. Mon père est un génie, capable d'ouvrir n'importe quelle serrure et il m'a tout appris.

- Hum ! Un don en quelque sorte. Chez-moi on était policier de père en fils, alors je peux comprendre.

Sawyer lui jeta un regard ahuri.

- Tu te moques de moi ?

- Non ! Ce que je veux dire, c'est que parfois nos parents nous poussent malgré nous, comme si nous avions des prédispositions, mais est-ce vraiment nos choix ou le faisons-nous parce que c'est ce qu'ils attendent de leurs enfants ?

Sawyer fronça les sourcils.

- Toujours est-il, que ma mère a vite compris qu'elle s'était trompée. Elle a essayé de recontacter Meg, mais ils déménageaient souvent. Elle est décédée quand j'avais trois ans, dans un accident de voiture. Meg a réussi à me retrouver, elle a tenté de me récupérer, mais mon père a réussi à jouer le veuf éploré qui n'avait plus que son fils à aimer. Alors nous avons mené une vie de nomade changeant régulièrement d'état. Quand mon père faisait des séjours en prison, c'était ses petites amies du moment qui me gardaient. Il arrivait toujours à manipuler les gens à sa convenance, ma mère, la police, le service de l'enfance.

Jared l'écoutait attentivement.

- Mais comment t'es-tu retrouvé en prison ?

Sawyer serra un peu plus fort les mains sur le volant, à s'en faire blanchir les jointures ce qui n'échappa pas à son ami.

- À quinze ans je savais tout ce qu'il fallait savoir sur les serrures, aucun coffre ne me résistait j'étais à bonne école, mais je n'aimais pas ça. Mon père voulait m'entraîner dans ses sales coups. Je refusais à chaque fois, et crois-moi il tapait fort le vieux pour me faire céder, dit-il en frottant sa mâchoire assailli par de mauvais souvenirs.

Sawyer gara la voiture sur le bas-côté et se tourna vers Jared.

- Un matin il est revenu enthousiaste. On l'avait mis sur une grosse affaire, une belle demeure renfermant un coffre plein d'argent liquide et de bijoux. Il voulait que je m'en occupe, j'ai refusé, alors il y a été lui-même. Cela s'est mal passé, il a dû assommer un gardien, un homme âgé qui l'avait surpris en flagrant délit. Celui-ci n'a jamais pu identifier mon père, il a juste dit qu'il lui semblait que l'agresseur était un homme d'âge mûr, mais les jurés n'ont rien voulu entendre.

- Comment t'es-tu retrouvé impliqué dans cette affaire ?

- Mon père avait laissé sur place un outil avec mes empreintes, lui portait des gants. Est-ce que c'était une erreur due à la panique, ou bien a-t-il voulu me faire payer mon refus de participer, je n'ai jamais su. Comme j'avais commis auparavant des petits délits, la police n'a eu aucun mal à me retrouver. Je n'avais aucun alibi, enfin du moins un qui ne valait pas grand-chose.

- Mais et tes empreintes, comment ont-elles pu se retrouver sur cet outil ?

- Je m'entrainais à ouvrir des coffres avec. Eh oui ! Les fameuses leçons paternelles.

Il poussa un long soupir.

- J'ai eu beau protester, hurler mon innocence, pour les flics l'enquête était simple, des bons à rien. Mon avocat a été commis d'office et mon père est resté silencieux, il est venu à mon procès et n'a exprimé aucun regret. Il m'a laissé être condamné à sa place, lui avait déjà eu plusieurs arrestations, il savait que celle-ci l'entraînerait sur une peine définitive, il n'a voulu prendre aucun risque.

- Waouh ! Quelle belle ordure, faire cela à son propre fils.

- Ouais ! Voilà pourquoi je ne comprends pas l'acharnement de Tyler pour retrouver ses géniteurs. Il n'en a pas besoin, il peut réussir sa vie sans eux.

- Comment t'en es-tu sorti ?

- Un condamné pour alléger sa peine a parlé. Il a dénoncé mon père, mais j'avais déjà fait cinq ans. Tu sais Jared cinq ans c'est long, surtout quand tu es innocent. J'aurais dû faire comme Tyler tracer ma route, fuir ce sale type qu'était mon père, rien de tout cela ne serait arrivé.

Il secoua la tête tristement, perdu dans ses souvenirs.

- Du coup l'enquête a été relancée, la petite amie de mon père au moment des faits a reconnu avoir donné à celui-ci un faux alibi, alors que nous étions ensemble. Elle aurait pu empêcher tout ça, mais elle a protégé mon père.

- Je comprends que tu te sois senti trahi par tout le monde, ce qui explique ta méfiance.

- Une fois libre j'ai fui le plus loin possible de cet homme, je suis arrivé ici et c'est le vieux Buddy qui m'a sauvé en m'offrant un job et un toit. Ensuite, Meg a réussi a retrouvé ma trace, voilà tu sais tout.

Les deux hommes se regardèrent un long moment en silence, puis Sawyer reprit la route vers Woodway.

- Merci.

Jared n'en dit pas plus, et Sawyer hocha la tête. Le fait d'avoir parlé l'avait soulagé. Il avait l'impression parfois d'avoir une énorme boule sur le cœur, un poids qui l'oppressait. Pourtant tout ça était derrière lui, mais cela faisait partie de son être, de son passé, de son histoire. Il ne pouvait pas s'en détacher aussi facilement, comme une tache indélébile. La preuve, encore aujourd'hui cela impactait sur ses réactions, sa façon d'être. Jared était bloqué par son physique, mais lui c'était son esprit qui l'entravait.

Il eut un triste rire et Jared le regarda avec curiosité.

- Je crois que j'ai compris pourquoi Meg voulait que l'on se rencontre.

- Pourquoi ?

- On se ressemble ! Toi tu refuses d'avancer, car tu bloques sur ton accident, ton handicap et moi je bloque sur mon passé qui me colle à la peau. J'ai beau dire que je m'en fiche, il influence toujours ma vie. Je pense que toi et moi nous avons besoin d'évoluer, de ne plus regarder en arrière. Ne ressassons plus notre passé. De toute façon nous ne pouvons pas le changer.

Jared mordilla sa lèvre semblant réfléchir intensément.

- C'est vrai, on ne peut pas modifier le passé, soit on reste prisonnier et malheureux, soit on surmonte, mais ce n'est pas si facile.

- Sam l'a fait, regarde-le, précisa Sawyer en jetant un coup d'œil dans le rétroviseur à leur petit compagnon assis sur la banquette arrière.

- C'est un chien, c'est facile pour lui, c'est ce qui nous différencie d'eux, répliqua Jared.

- Tu te trompes là encore, l'humain se croit si supérieur aux autres, alors qu'il ne comprend rien à ce qui est essentiel. Il sait s'adapter, il est capable de ressentir de réfléchir. On a beaucoup à apprendre d'eux et avec Sam il me suffit de l'observer.

- Tu crois qu'il est plus malin que nous, chuchota Jared.

Sam se mit à aboyer joyeusement, faisant éclater de rire les deux amis.

- Tu as ta réponse, répliqua Sawyer, j'ai l'impression qu'il me change à mon insu mais en mieux, laisse le faire tu verras Jared, tu seras un autre homme lui dit-il en faisant un clin d'œil.

Ils arrivèrent devant le bureau du shérif. Sawyer coupa le moteur et resta un long moment silencieux.

- Bon alors tu m'aides à sortir de ton carrosse ? Se moqua gentiment Jared.

Sawyer se tourna vers lui le regard empreint de détermination.

- Je viens avec toi.

- Mais je croyais que tu ne voulais…

- Ouais ! Et j'ai aussi dit qu'il fallait évoluer, alors autant commencer maintenant, par contre je te laisserai lui parler.

Jared stupéfait opina de la tête.

Il y avait beaucoup d'animation dans le bureau du shérif, Sawyer sentit son cœur s'emballer il avait l'impression d'avoir toujours quinze ans, d'être ce pauvre gosse apeuré qui voyait tous les regards converger vers lui. La transpiration coula le long de sa colonne vertébrale, il avait la sensation d'étouffer. Mince ce n'était plus un gamin, il contrôla sa respiration et regarda autour de lui mais où était donc passé Jared ? C'est fou, ce qu'il se déplaçait vite avec son fauteuil. Il l'aperçut parlant à un homme d'une quarantaine d'années, avec Sam sagement assis à ses côtés. Il s'approcha doucement et salua l'homme en ôtant son stetson. Le shérif lui tendit la main avec un grand sourire.

- Nous nous connaissons monsieur Colton.

Sawyer sentit la panique s'emparer de tout son être, et voilà que son passé allait une nouvelle fois lui sauter au visage comme un tache indélébile que tout le monde apercevait. Il prit la main et tenta de sourire, tendu à l'extrême.

Le shérif le regarda, surpris de sa réaction. Jared décida de prendre les choses en main, il demanda à lui parler dans son bureau. L'homme les fit pénétrer dans une grande pièce et referma la porte derrière eux.

Jared ouvrit la bouche pour s'expliquer, mais Sawyer se leva d'un air coupable, faisant tourner son chapeau dans ses mains. Sans savoir pourquoi, il se mit à raconter son histoire au shérif médusé. Mais qu'est-ce qui lui prenait de déballer ainsi toute sa vie ? C'était la faute à Meg tout ça, pesta-t-il entre ses lèvres. En fait, il préférait raconter la vérité plutôt que de laisser les gens tirer leurs propres conclusions.

L'homme l'écouta attentivement, il venait de s'installer sur son fauteuil et se balançait d'avant en arrière les mains croisées sur son ventre.

- Voilà, c'est sûrement pour ça que vous me connaissez, mais sachez que j'étais innocent et que je n'ai rien fait de mal.

Jared ouvrait grand les yeux, stupéfait par l'attitude de Sawyer, il caressait machinalement la tête de Sam, puis il pouffa de rire.

- Pour quelqu'un qui ne voulait plus approcher un flic, voilà que tu te retrouves dans le bureau du shérif entouré par deux policiers et en plus tu racontes tout, c'est Meg qui serait contente, dit-il en lui faisant un clin d'œil.

Le shérif aussi souriait ouvertement, Sawyer était déstabilisé, mais que se passait-il ?

- Non ce que je voulais dire, c'est qu'il y a trois ans, suite au passage de la tornade, la région a été dévastée, vous vous souvenez ? Ma mère vivait seule, il s'agit de madame Carrington à la sortie de la ville, près de la rivière vous voyez ?

Sawyer fronça les sourcils en hochant la tête.

- Elle n'avait pas les moyens de faire réparer son toit, les dégâts étaient importants, mais vous êtes venu avec votre équipe et pour ne pas la froisser vous avez prétendu que vous aviez du surplus de vos différents chantiers. Je travaillais à Houston à l'époque et je n'ai jamais pu vous remercier. Alors grand merci. Depuis j'ai décidé de me rapprocher, elle prend de l'âge vous comprenez.

Jared se tourna vers Sawyer, il était heureux pour son ami. Son passé ne semblait plus aussi important, peut-être arriverait-il à surmonter son traumatisme. Il devait faire comme lui, se tracer une nouvelle vie.

- Mer… Merci, mais c'était normal, hors de question de profiter du malheur des gens, répliqua avec humilité Sawyer.

- En tout cas, sachez que vos actes parlent pour vous Sawyer, oublions votre passé, il vous assez pourri la vie comme ça. Qu'est-ce qui vous amène ?

Jared raconta l'enfance de Tyler ses fuites permanentes et l'aide apportée par Meg et Sawyer. L'homme tapota un long moment avec ses doigts sur son bureau semblant réfléchir.

- Hum ! Je comprends qu'avec vos antécédents vous ne vouliez pas vous tourner de suite vers nous, et aussi pourquoi vous avez porté secours à ce jeune.

Sawyer étonné leva les sourcils.

- Oui, vous avez fait ce que vous auriez aimé que quelqu'un fasse pour vous au même âge.

Sawyer en laissa tomber son chapeau. Il n'avait jamais vu cela sous cet angle, mais en y réfléchissant, c'est vrai qu'il avait voulu éviter à Tyler de mauvaises rencontres pour ne pas trainer comme lui un fardeau. Il regarda Jared qui souriait d'un air de dire, « tu vois, tu n'avais rien à craindre ».

- Que peut-on faire Shérif ? On ne veut surtout pas effrayer le môme, insista Jared.

- Marquez-moi le nom du jeune, je vais joindre le service de protection de l'enfance.

Sawyer écrivit le nom et le prénom de Tyler, ainsi que sa date de naissance. Le shérif composa un numéro de téléphone et une longue discussion commença, il raconta le parcours de Tyler à son interlocuteur. La personne au bout du téléphone entama alors un long monologue, seulement troublé par des hochements de tête du shérif. Sawyer n'était pas très à l'aise. Il avait peur de trahir la confiance de Tyler. Jared répondait aux questions du shérif, lorsque celui-ci raccrocha, il avait un grand sourire sur les lèvres.

- Bon ! Elle va nous envoyer le dossier vous n'aurez qu'à le signer et tout sera en règle. Ce pauvre gosse a fait près de dix foyers avant d'atterrir chez-vous. Madame Curtis en charge du service est une femme pleine d'humanité, elle a bien compris la problématique. Ce qui lui importe, c'est qu'il soit enfin apaisé et en sécurité.

À ces mots Sawyer sentit l'étau autour de son cœur se desserrer.

- Il faudra cependant qu'il retourne à l'école c'est primordial, même si vous comptez le garder par la suite dans votre entreprise. Vous êtes une famille respectable qui fait beaucoup pour notre communauté, en plus votre tante est infirmière et Jared policier, tout cela a joué en votre faveur. Elle viendra quand même pour rencontrer Tyler.

À ces mots Sawyer grimaça. Ils allaient devoir parler à Tyler de toutes leurs démarches. Ils quittèrent le bureau du shérif soulagés et heureux.

- Tu vois cela ne s'est pas si mal passé, souligna Jared tout sourire.

- Ouais ! Mais il va falloir parler au petit, et là je crains sa réaction, marmonna Sawyer en s'installant derrière le volant.

Sam poussa un long gémissement attirant l'attention sur lui. Sawyer pouffa de rire.

- Bon d'accord Sam, tu as raison cela aurait pu être pire.

- Euh ! Tu sais que tu parles à un chien là ? Tu commences à m'inquiéter Sawyer, ironisa gentiment Jared.

- Quoi ? Tu ne lui parlais jamais ?

- C'était… plus un… En fait c'était mon coéquipier, mais j'ai l'impression que depuis que je l'ai retrouvé nos rapports ont changés, c'est vraiment devenu mon meilleur ami.

- Ah ! Bien tu vois, toi aussi tu commences à évoluer. Bon ! On va où maintenant ?

- Je pensais au lycée de Woodway, cela sera le point de départ de notre enquête.

- Tu comptes t'y prendre comment ?

- Laisse-moi faire, tu te contenteras de regarder mon charme agir.

- Eh bien ! On n'est pas sorti de l'auberge, pouffa Sawyer.

- Merci pour ta confiance cela booste mon égo, ironisa Jared. Nous allons rechercher sur les photos des albums.

- Quoi ? Tu imagines le nombre d'albums à feuilleter ? On va y passer un siècle, tu n'as pas une meilleure idée ?

- Hum ! Désolé Sawyer il faut bien débuter par quelque chose et là c'est notre première piste.

Sawyer soupira. Rester assis des heures ce n'était pas son truc.

- Si on leur demandait de nous sortir avec leur ordinateur les noms de famille de toutes les filles s'appelant Emma, nous irions plus vite non ?

- Impossible ! Répliqua tranquillement Jared. D'abord parce que ces données sont confidentielles donc nous ne pourrons pas y accéder. Par contre personne ne t'interdit de feuilleter les Yearbooks qui eux sont accessibles légalement, et en plus nous n'attirerons pas l'attention, c'est primordial, nous devons rester discrets.

Sawyer poussa un énorme soupir, il n'échapperait pas à cette corvée.

CHAPITRE VI

Lorsqu'ils se garèrent devant le lycée Sawyer sentit son cœur s'affoler. Voilà un autre lieu qu'il n'aimait pas beaucoup, il n'avait guère fréquenté les bancs de l'école. Son père déménageait très souvent, dès que le service à l'enfance posait trop de questions, ils s'en allaient. C'était le vieux Buddy qui lui avait tout appris et Meg avait comblé les manques, il leur devait tout.

- Bon, alors tu bouges Sawyer ? Demanda Jared surpris de son mutisme.

- Ouais ! J'arrive, j'arrive ! Marmonna-t-il en faisant le tour du véhicule. Il aida Jared à descendre, mais dut retenir Sam.

- Non ! Mon grand, ici tu n'es pas le bienvenu, tu devras nous attendre dans la voiture. Je suis désolé, mais je reviendrai de temps en temps pour te sortir.

Puis, se penchant vers l'oreille de Sam il murmura.

- En fait, j'en aurais aussi besoin. Rester à éplucher ces albums cela va être l'angoisse, on se libérera mutuellement, dit-il en le gratouillant entre les oreilles.

- Dis donc Sawyer j'ai l'impression que tu bloques aussi avec les écoles, ironisa Jared dans son dos.

- N'importe quoi !

Il poussa le fauteuil roulant sur l'allée accédant aux bureaux de l'administration, puis laissa Jared s'expliquer avec l'employée, une femme à l'air revêche d'une cinquantaine d'années.

- Bonjour madame, nous voudrions s'il vous plait consulter les Yearbooks, ceux antérieurs à deux mille trois si c'est possible.

La femme resta silencieuse un long moment, les détaillant avec attention. Son regard allait de Sawyer à Jared, la vue de son fauteuil sembla l'adoucir.

- Puis-je vous demander dans quel but ?

- Nous voulons faire une surprise à un ami en retrouvant une personne en particulier, précisa Jared en offrant son plus beau sourire, tandis que Sawyer déglutissait avec peine.

Elle hésita un instant puis se leva, leur faisant signe de la suivre.

- C'est une charmante attention, remarquez cela arrive souvent. On oublie parfois un nom et les photos aident à retrouver des amis disparus. Voilà, c'est ici prenez tout votre temps.

Sawyer regarda la femme s'en aller et poussa un profond soupir.

- Waouh ! C'est un vrai chien de garde cette femme-là. Je pense qu'elle aurait dissuadé Tyler d'aller plus loin, cela m'étonnerait qu'il soit venu jusqu'ici.

Jared hocha la tête puis reporta son attention sur les étagères contenant les différents yearbooks. Il délimita le nombre d'albums qu'ils devraient regarder et Sawyer siffla entre ses lèvres.

- Non ! Mais attends on va y passer la journée, combien de classes ils ont dans cet établissement ?

- Ne pleure pas ta misère Sawyer, tiens attrape déjà ceux-là, dit-il en lui montrant deux albums.

Sawyer soupira et s'installa lourdement sur une chaise.

- J'avais oublié à quel point ces chaises étaient inconfortables, bougonna-t-il.

- Là, j'ai au moins un avantage sur toi, je n'ai plus ce problème, ironisa Jared en montrant son fauteuil roulant.

Sawyer pouffa de rire.

- Tu vois, tu commences à en percevoir les aspects positifs.

Puis il regarda son ami avec attention.

- Jared c'est fou ! Quand je t'ai connu, ce sujet était bien trop douloureux pour en plaisanter, je crois que tu es sur la bonne voie.

Celui-ci sourit, heureux du chemin parcouru. Ils commencèrent leur travail d'enquêteurs, relevant tous les noms et les dates des filles ayant pour prénom Emma, et les initiales J-H pour les garçons sur la période allant de mille neuf cent quatre-vingt-dix-neuf à deux mille trois.

- C'est bon je pense, si cela ne suffit pas on élargira nos recherches.

De temps en temps Sawyer s'absentait pour permettre à Sam de se détendre dans l'herbe fraîche devant le lycée. Il entendit des pas derrière lui et se retourna brusquement, c'était l'employée qui leur avait donné accès aux albums.

- Vous avez un chien magnifique, s'extasia-t-elle en le regardant de plus près.

Sawyer fronça les sourcils légèrement surpris, il l'aurait plutôt vu fan de chats, comme toute vieille fille qui se respecte. Il regarda sa main effectivement il n'y avait aucune bague.

- Heu ! Oui je viens de l'adopter, c'est un super chien. Je vous présente Sam.

- Oh ! Vous l'avez pris au refuge de Cassie ?

Sawyer stupéfait hocha la tête. Il vit un immense sourire transformer le visage de cette femme étonnante.

- J'ai pris mon bébé là-bas, Cassie et Meg font un travail remarquable.

- Meg ! C'est ma tante.

- Vous êtes donc le sauveur, celui qui a permis à Cassie de déplacer son refuge ? La pauvre elle était dévastée quand elle a perdu son terrain. Bravo ! Dit-elle en lui saisissant la main, vous êtes un véritable héros.

Sawyer resta muet de surprise, décidément cette femme ne cessait de le surprendre. Il n'eut pas le temps de réagir, qu'elle sortait son téléphone portable de sa poche pour lui montrer son bébé, en fait un pitbull énorme. Comment pouvait-elle avoir un tel chien ? Il haussa les sourcils et éclata de rire.

- Oui ! Je sais personne ne m'imagine avec, mais j'adore cette race tant décriée.

Au même moment, ce fut le bruit des roues du fauteuil sur les gravillons qui attira leur attention.

- Alors vous avez trouvé ? Demanda-t-elle en se tournant vers Jared.

Celui-ci grimaça.

- Hum ! Si on veut. Nous avons une liste mais pour retrouver la bonne personne cela sera délicat.

- Faites-moi voir cela, dit-elle en tendant la main vers sa feuille. Je travaille ici depuis plus de trente ans. Qui recherchez-vous exactement ?

Jared hésita regardant avec attention Sawyer. Pouvaient-ils faire confiance à cette femme ? Sawyer hocha la tête discrètement.

- C'est une amie de Meg et de Cassie.

Soupçonneux, Jared plissa les yeux.

- C'est étrange, elles savaient que nous venions ici et pourtant elles ne nous ont pas parlé de vous ?

- Elles savent que je travaille dans l'administration, mais oui vous avez raison, peut-être n'ai-je jamais précisé que c'était dans ce lycée. L'occasion ne s'est pas présentée et elles n'ont pas d'enfants, cela n'avait donc aucun intérêt.

Les deux hommes se regardèrent en silence, puis Jared tendit la feuille. La femme leur fit signe de la suivre vers un banc à l'ombre d'un arbre. Sawyer s'installa à ses côtés et Sam se coucha à leurs pieds, Jared se tenait face à eux.

- Recommençons depuis le début si vous le voulez bien. Je suis Maria Sanchez.

Jared et Sawyer se présentèrent à leur tour. Cette femme leur paraissait tout à coup plus sympathique. Sawyer se mordilla les lèvres, honteux une fois de plus d'avoir laissé son passé influencer son jugement. Il reporta son attention sur son ami qui racontait leurs démarches pour aider Tyler. La femme émue mit sa main sur sa poitrine, elle hochait la tête de temps en temps.

Elle examina la feuille attentivement, puis regarda de nouveau les deux hommes.

- Bon, nous recherchons donc une Emma qui aurait pu avoir un enfant pendant sa scolarité dans ce lycée. De mémoire je ne me souviens pas d'une Emma dans cette situation. Oh ! Bien sûr cela est déjà arrivé.

Elle posa son index sur la liste.

- Emma Markle, hum ! Impossible cette fille s'est engagée dans l'armée juste après, et sa famille est ce qu'il y a de plus convenable. Si elle s'était retrouvée dans cette situation, elle aurait été soutenue.

- Emma Twirlow. Une élève très brillante, elle est je crois devenue chirurgienne, non cela m'étonnerait.

- Emma Crow. Attendez que je me souvienne… Ah ! Oui elle est mariée avec le mécanicien à la sortie de la ville. Ils se fréquentaient déjà au lycée. Je ne vois pas l'intérêt d'abandonner un enfant.

- Emma Morten. Celle-là, c'est la grande fierté du lycée.

- Pourquoi ça ? Demanda Jared en fronçant les sourcils.

- Elle a fait un très beau mariage, c'est la femme du sénateur Ted Hartwell qui vient d'être élu. Son grand-père avait fondé la banque Hartwell, et lui, a fait fructifier leur fortune dans les industries chimiques.

- Waouh ! C'est du lourd. Et pour les autres.

- Hum ! Emma Childen est mariée au pasteur, donc franchement je n'y crois pas trop, et Emma Lewis vit en couple depuis plus de dix ans, je la revois de temps en temps, elle n'a jamais pu avoir d'enfant. Je suis désolée, je n'ai pas pu être d'une grande aide. Bon ! Dit-elle en se levant, je dois retourner au bureau, ma pause est finie.

Sawyer poussa un long soupir décidément cela s'annonçait plus difficile que prévu. Tout à coup Maria s'arrêta, semblant réfléchir, puis se retourna brusquement et se dirigea vers eux le visage empreint d'inquiétude.

- Quand… quand avez-vous dit que l'enfant est né ?

- Le quatre septembre deux mille trois, pourquoi ? Interrogea Jared.

Elle s'humecta les lèvres puis reprit doucement.

- Emma… Emma Morten avait manqué l'école quelques mois avant les vacances d'été. On la disait victime d'un accident, quelques rumeurs ont courues comme quoi elle aurait eu une aventure. Mais, dit-elle en secouant la tête, c'est impossible. Nous parlons de la femme du sénateur, vous vous rendez compte ? Je ne voudrais surtout pas leur porter préjudice. Soyez prudents avant de porter des accusations et ne prononcez pas mon nom s'il vous plait, supplia-t-elle avec de la crainte dans son regard.

Ému, Sawyer se leva et la prit dans ses bras.

- Votre nom ne sera jamais cité, et nous enquêterons discrètement, Jared est un pro, après tout c'était son métier. Merci Maria pour toutes ces confidences. Tyler mérite de savoir qui est sa mère, à lui de décider ce qu'il fera de ces infos.

La femme hocha la tête doucement rassurée par ces propos, puis s'en alla de nouveau sous les regards médusés de Jared et Sawyer qui siffla entre ses dents.

- Tu y crois ? Tu imagines ? Tyler serait le fils de la femme du sénateur. Hum ! Je n'aime pas beaucoup cela, je sens les ennuis venir et pas qu'un peu.

Jared le regarda en se mordillant les lèvres.

- Je n'en reviens pas, attends ! J'ai pris les photos de toutes les « Emma ».

Il les fit défiler sur son téléphone et s'arrêta brusquement avant de le tendre vers Sawyer.

- C'est elle Emma Morten ?

Jared hocha la tête.

- Elle ne ressemble pas du tout au petit, elle est brune aux yeux marrons, charmante d'ailleurs, un vrai canon cette fille.

- C'est vrai que cela ne nous facilite pas les choses. Bon, pour un début ce n'est pas si mal, rentrons au ranch nous en parlerons tous ensemble.

Sur le chemin du retour, Sawyer écouta d'une oreille distraite Jared, il était préoccupé, il n'aimait pas beaucoup la tournure que prenait leur enquête. Qu'allaient-ils donc découvrir ?

En arrivant au ranch, ils aperçurent Meg et Cassie tranquillement installées à l'ombre d'un arbre. Sa tante leur fit signe de les rejoindre, elle avait hâte d'entendre leurs découvertes. Il vit son visage s'animer, oscillant entre surprise et stupéfaction. Cassie hochait la tête silencieusement.

- Waouh ! Le sénateur Hartwell rien que ça ? Eh bien ! On peut dire que pour une nouvelle c'en est une. Tu comptes en parler au petit ? Demanda Meg inquiète.

- Nous n'avons plus le choix, d'abord parce que le service de l'enfance va envoyer quelqu'un et d'autre part, il est temps de le mettre au courant de nos recherches.

Ils virent au loin la voiture de Tyler se diriger vers le ranch.

- Bon ! Je crois que je vais vous laisser, précisa Cassie en faisant mine de se lever, mais Meg mit sa main sur son bras.

- Non ! Reste s'il te plait, après tout tu es avec nous depuis le début dans cette histoire, je … je crois que c'est mieux.

Devant le regard implorant de son amie Cassie opina de la tête, regardant Tyler s'approcher.

- Qui va lui parler ? Murmura Sawyer d'une voix inquiète.

- Une femme ce serait plus facile je pense, répliqua Jared en regardant Meg.

- Bien sûr ! Pourquoi ne suis-je pas surprise. Cette manie que vous avez vous les hommes de toujours esquiver les questions délicates, ironisa-t-elle avec une petite moue moqueuse.

Tyler avec un grand sourire salua tout le monde.

- Mon grand, je… Non ! En fait on voudrait te parler, affirma Meg en s'humectant les lèvres.

Devant son air si sérieux, Tyler fronça les sourcils en observant chacun des convives.

- Il y a un problème ?

- Non, non ! Rien de grave ne t'inquiète pas.

Tyler n'avait pas l'air rassuré, il quitta son stetson et le tapa contre sa cuisse.

- Vous permettez que je prenne une douche avant, j'ai travaillé dans la poussière toute la journée, j'en ai bien besoin.

- Oh ! Bien sûr ! File vite, on t'attendra, précisa Meg soulagée de ce répit.

Ils le suivirent tous des yeux et Cassie poussa un long soupir.

- Non ! Rien de grave, reprit-elle moqueuse en imitant son amie. Tu vas lâcher une véritable bombe Meg, tu t'en rends compte. On ne sait même pas où on met les pieds, on parle quand même de la femme d'un sénateur, tu imagines.

Sa tante secoua la tête désespérée. Puis se leva avec détermination.

- Bon ! Je vais chercher des cookies que j'avais préparés et des boissons, on va je pense en avoir besoin.

Cassie se leva pour lui prêter main forte. Sawyer siffla entre ses dents.

- Peut-être qu'on fait fausse route, c'est possible non ?

- Hum ! C'est une éventualité, murmura Jared qui s'amusait à lancer un bâton à Sam.

Les deux femmes posèrent tout sur la table et Meg mit son index sous le nez de Sawyer.

- On ne touche à rien, on lui parle avant, c'est bien compris.

- Hé ! Pourquoi tu t'en prends à moi ?

- Oh ! Parce que je n'ai jamais vu un homme aussi gourmand que toi Sawyer Colton.

Cassie pouffa de rire en le regardant.

Tyler se dirigea de nouveau vers eux, il devait être inquiet car il ne s'était jamais préparé aussi vite. Il se mordillait les lèvres et passait nerveusement ses mains sur son jean.

Sawyer observa sa tante qui essayait de le détendre en l'interrogeant sur sa journée, il ne fallait surtout pas le braquer. Tyler pouvait parfois se montrer si impulsif, peut-être qu'il allait mal réagir et décider de tracer de nouveau sa route. Il ressentit de nouveau cette douleur au plexus et machinalement se frotta le torse en secouant la tête. Il s'était attaché au gosse, le considérait comme son petit frère. Machinalement il saisit deux cookies en lança un au chien, sous les yeux effarés de Jared. Meg qui parlait avec Tyler ne se rendit compte de rien. Jared se pencha vers lui.

- Jamais Sam n'aurait bravé une interdiction avec moi, murmura-t-il, en le fixant.

Sawyer qui allait engloutir le cookie arrêta son geste subitement en observant ses amis. Cassie s'esclaffa de rire de même que Tyler, Meg mit les mains sur ses hanches d'un air faussement fâché et Sam se lécha les babines de bonheur.

- Oh ! Euh ! Je n'ai pas fait attention Meg je t'assure, c'était machinal, l'assiette était devant moi et sans m'en rendre compte j'ai pioché.

- Quand je disais que je n'ai jamais vu quelqu'un d'aussi gourmand que toi.

- Mais c'est ta faute aussi, ils sentent si bon, hein ! Sam. Celui-ci venait de poser sa truffe sur sa cuisse, reconnaissant d'un tel cadeau. Tu vois même lui en redemande.

Il pouffa, faisant éclater de rire l'assemblée.

- C'est vrai qu'il a changé, répondit-il à Jared, dire que les premiers jours il avait failli me mordre car je bravais un interdit. Tu vois Jared on a de l'espoir si même ce chien super entraîné peut évoluer, nous aussi, affirma-t-il en tapant sur l'épaule de son ami.

Ce petit intermède avait permis de détendre l'atmosphère. Tyler s'installa à leurs côtés et écouta Meg lui faire le récit de leurs démarches. Sawyer le vit grincer des dents à l'annonce de la visite du service de l'enfance. Il lui jeta même un regard accusateur.

- Tu le sais Tyler je n'aime pas les flics et tout ce qui y ressemble de près ou de loin… Enfin j'essaye de changer ça. Je l'avoue tous ne sont pas mauvais, la preuve Jared et Sam et… ce shérif m'a fait aussi une bonne impression. Nous devons mettre cette situation au clair, je risque gros tu le sais n'est-ce pas ?

Tyler le fixa un long moment en se mordillant les lèvres, puis opina de la tête.

- Oui ! Je suis désolé Sawyer, c'est vrai que j'aurais pu te créer de graves ennuis. Vous… vous voulez que je m'en aille c'est ça ?

Tout le monde s'insurgea en poussant des hauts cris.

- Tu fais partie de notre famille Tyler, tant que tu le désireras ta place sera parmi nous. Mais vois-tu, nous avons tous des bagages qu'on traîne comme des boulets dans nos vies, murmura Sawyer.

Tyler fronça les sourcils ne semblant pas comprendre.

- Regarde autour de toi, Meg culpabilise de n'avoir pu aider sa sœur, pourtant ce n'est pas sa faute, cela lui a gâché une bonne partie de sa vie.

- Hé ! S'offusqua Meg en rougissant, puis elle baissa la tête. Il n'a pas tort je l'avoue cela me poursuit depuis toujours, si seulement…

Cassie, mit sa main sur les siennes.

- Avec des « si » on refait le monde, mais en fait, ils ne font que nous faire souffrir, car on ne peut pas revenir en arrière. Meg tu as un cœur énorme, tu aides tout le monde. Tu es l'âme de ce ranch et du refuge aussi.

Meg essuya furtivement une larme, puis reporta son attention sur Sawyer qui reprit la parole.

- Jared n'acceptait pas son handicap, son changement de vie. Il avait l'impression que son monde s'écroulait, il était perdu et malheureux, croyait que c'était fichu pour lui et tu vois, il commence à réaliser qu'il suffit juste de donner une nouvelle impulsion à sa vie, et cesser de regarder en arrière. Celui-ci hocha la tête tristement. Quand à Cassie elle…

- Moi, quoi ? S'écria celle-ci surprise.

Sawyer soupira longuement en l'observant avec tendresse.

- Je ne sais pas ce que tu as fui, mais Cassie j'ai l'impression que ton changement de vie radical cache quelque chose. Peut-être qu'un jour tu nous en parleras.

Elle baissa la tête piteusement en tortillant une mèche de cheveux autour de son index.

- Quand à moi, mon passé, mes années d'emprisonnement, mon enfance chaotique pèsent sur ma vie, c'est comme un poids qui m'oppresse en permanence la poitrine. J'ai peur.

Devant les regards étonnés de sa famille de cœur, il continua.

- Oui au fond de moi j'ai peur, de faire confiance de nouveau à la mauvaise personne, de me retrouver seul, d'avoir de nouveau des ennuis avec la justice, d'être…trahi. Alors tu vois Tyler, nous avons tous nos bagages que nous trainons avec nous. On veut t'empêcher de supporter cela en allégeant le tien. Nous avons décidé de t'aider, d'abord en légalisant ta présence ici, ensuite en retrouvant ta mère.

Tyler ouvrit des yeux grands comme des soucoupes.

- Vous êtes sérieux, reprit-il d'une voix émue, vous me considérez vraiment comme un membre de la famille ?

Tout le monde hocha la tête en souriant.

- Vous allez vraiment m'aider à retrouver ma mère ?

- Oui même si vu mon expérience je me demande si cela en vaut la peine. Tu sais parfois la plus belle des familles est celle du cœur, celle qu'on se crée, répliqua Sawyer gentiment.

- Je veux juste comprendre qui était ma mère, pourquoi elle m'a abandonné ? Je vais chercher ma boîte, précisa Tyler en se levant précipitamment.

- Ce n'est pas la peine, on sait ce qu'elle contient, répondit Sawyer en souriant, mais une petite tape de Jared sur sa tête lui fit ravaler son sourire.

- Toi alors ! On peut dire que tu sais y faire.

- Quoi ? Mais comment connaissez-vous son contenu ? Demanda ébahi Tyler.

Meg poussa un long soupir.

- Pour pouvoir t'aider on devait connaître le contenu de la boîte et Sawyer est plutôt doué dans certains domaines, tu … tu comprends.

Tyler les dévisagea les uns après les autres, puis éclata de rire, tout joyeux.

Jared lui raconta le début de leur enquête et les pistes possibles.

- Alors on commence par quoi ? Demanda-t-il les yeux pétillants de malice.

CHAPITRE VII

- Bonne question, on fait quoi maintenant ? Interrogea Sawyer en regardant ses amis.

Tyler n'arrêtait pas de secouer la tête toujours sous le choc des révélations.

- Ma mère serait probablement l'épouse d'un sénateur ? Tu as sa photo ? Demanda-t-il en se tournant vers Jared.

Celui-ci pianota sur son téléphone, puis lui montra celle de l'album du lycée.

- Elle est belle n'est-ce pas ? Tyler ému essuya une larme sur sa joue. Je suis certain qu'elle devait avoir une bonne raison pour m'avoir abandonné. Peut-être que sa famille l'a rejetée, c'est possible non ? Elle était si jeune.

Cassie posa sa main sur son bras pour le réconforter.

- On le saura un jour, mais d'abord il faut s'assurer que c'est bien elle, après tout ce ne sont que des suppositions. Il nous faut des confirmations, affirma-t-elle en fixant chacun des convives.

- Oui mais on procède comment ? Reprit Meg en se mordillant les lèvres.

- Comment agir ? D'abord on ne doit pas pouvoir l'approcher facilement, ensuite il ne faut surtout pas provoquer un scandale, ce ne sont que des suppositions. C'est aujourd'hui une femme mariée avec un bel avenir, évitons de lui gâcher sa vie. Elle a peut-être commis une erreur de jeunesse, désolé grimaça Sawyer en regardant Tyler qui opina de la tête.

- Je n'aime pas beaucoup approcher les sphères politiques, c'est comme une araignée on ne sait jamais où elle va frapper, ces gens sont si puissants, murmura Jared en se frottant le menton.

- Oui, mais alors on fait quoi ? Insista Tyler.

- Hum ! J'ai bien une petite idée, précisa Cassie qui lisait un article sur sa tablette. Il est indiqué que le sénateur est très impliqué dans la protection de la famille, très conservateur en fait, dit-elle en grimaçant et il est précisé que son épouse le seconde en s'investissant personnellement dans un foyer pour femmes seules, qu'elle répond même directement au courrier qu'on lui fait suivre.

- Et… Tant mieux elle a l'air sympa, mais cela ne résout pas notre problème, répliqua Sawyer en fronçant les sourcils.

- Mais si ! Réfléchissez, il nous suffit de photographier tout le contenu de la boîte d'y joindre un petit courrier un peu vague pour ne pas attiser la curiosité d'autres personnes. Si c'est la mère de Tyler elle réagira.

Devant l'air dubitatif de ses amis elle insista.

- C'est évident voyons ! Si c'est sa maman elle nous contactera j'en suis certaine.

- Tu te rends compte du courrier qu'elle doit recevoir ? Cela peut prendre des mois.

- Je trouve que Cassie a raison, confirma Meg en souriant c'est notre meilleure option, nous pouvons la contacter grâce à ce foyer pour femmes. Après tout nous n'avons pas d'autres solutions, quelqu'un a une meilleure idée ? Que savons-nous sur son mari ?

Cassie reprit sa tablette et commença à pianoter.

- Hum ! Il a été marié très jeune à une certaine July Sanders, ils ont eu un fils qui a maintenant trente-deux ans. Sa première épouse est décédée en deux mille huit d'une longue maladie, qu'elle trainait depuis deux mille trois. Pff ! Pour sa campagne il s'est appuyé sur le dévouement, le culte de la famille, les sacrifices pour aider son épouse jusqu'au bout, tu vois le genre.

Bref ! Dit-elle en soupirant, il est précisé que son fils Dean a repris toutes ses activités, ses entreprises, c'est lui qui gère maintenant.

- Oh ! Ils ont un enfant ça me fait quoi… un demi-frère ? Demanda hésitant Tyler.

- Euh ! Non pas vraiment, il est d'un premier mariage, confirma Meg plutôt une famille recomposée, c'est génial Tyler, toi qui rêvait d'en avoir une.

- Oui mais pour l'instant on n'en sait rien, ce ne sont que des suppositions, il faut la contacter, murmura Tyler.

Tous hochèrent la tête.

- Bon ! Nous allons donc prendre une photo de tout le contenu et je me chargerai d'écrire une lettre de façon à attirer son attention discrètement. Affirma Cassie joyeusement.

- Tu crois… Tu crois que cela marchera ? Interrogea Tyler avec anxiété.

- Si c'est elle, je suis persuadée qu'elle nous contactera, tu verras Tyler on avance, répliqua Cassie en lui souriant.

- Et…Et pour mon père, vous avez des indices ?

- À part le fait qu'ils avaient sûrement une liaison suivie, non ! Nous n'avons rien découvert. Pas moyen de trouver avec les initiales je suis désolé, lui répondit Jared. Mais ne t'inquiète pas en trouvant ta maman on découvrira sûrement le nom de ton père, tu connaîtras toute ton histoire.

Tyler se leva sifflant Sam pour aller marcher le long du chemin.

- Qu'est-ce qui lui prend ? Murmura Sawyer.

- Hum ! Mettons-nous à sa place, cela fait beaucoup. D'abord on lui dit qu'on va régulariser sa situation. Ensuite, on lui apprend que sa mère est probablement mariée à un sénateur.

- C'est plutôt cool franchement, la femme d'un sénateur ! Précisa Sawyer. Cela aura pu être une prostituée, une toxico ou pire.

Cassie qui se mordillait les lèvres, soupira, puis se tourna vers lui le regard empreint de tristesse.

- Cela veut aussi dire qu'elle avait les moyens de le retrouver et qu'elle n'en a rien fait. Je crains que… En fait, j'ai peur que Tyler soit déçu.

Meg regarda de nouveau la Photo de sa mère.

- Elle a l'air très gentille pourtant, son regard respire la bonté.

- Pff ! Elle est mariée à un politicien, ces gens-là manipulent tout le monde. L'apparence de la gentillesse et de la sympathie c'est leur fonds de commerce, bougonna Sawyer.

- Sawyer ! Répliquèrent en chœur les trois amis.

- Chassez le naturel il revient au galop ! Murmura Jared en croisant les bras. Laisse leur une chance de s'expliquer. Tu vois tu ne peux pas t'en empêcher Sawyer. Cesse de juger les gens qui représentent l'autorité sur des clichés, attends de savoir.

Sawyer leva les mains devant lui en guise de reddition.

- Ok ! Cassie envoie ta lettre, on verra bien. Mais je ne veux pas qu'ils fassent de la peine au petit. Sinon ils auront affaire à moi, précisa-t-il furieux en se levant pour se diriger vers le ranch.

La lettre fut postée dès le lendemain. Les semaines passèrent doucement. La présence de Tyler avait enfin été régularisée, la personne du service de l'enfance avait fait preuve d'une grande capacité d'écoute. Elle avait compris que Tyler avait trouvé un foyer où il se sentait bien, heureux et entouré.

Sawyer fit rouler ses épaules douloureuses, la journée avait été chargée, son entreprise était florissante. Il était content d'avoir Jared pour le seconder. Celui-ci démarchait les fournisseurs, se débrouillait pour lui avoir les meilleurs tarifs, il était imbattable en négociation.

Cassie profitait plus de la présence de Meg au refuge et les deux femmes s'entendaient à merveille. Sawyer se surprit à sourire en les observant, elles étaient installées devant une boisson fraîche à l'ombre d'un arbre, il décida avec Jared de les rejoindre.

- Je vois qu'on se la coule douce par ici.

Cassie tourna vers lui un visage rayonnant de bonheur.

- Le fait d'avoir Meg plus souvent au refuge me permet d'alléger ma charge de travail. Merci Sawyer.

- C'est surtout Jared qu'il faut remercier, précisa-t-il, c'est lui qui fait tout le travail, et entre nous il est beaucoup plus efficace, j'y suis gagnant aussi.

Sa tante lui tapota le bras en riant, mais l'arrivée d'un véhicule se garant devant le porche attira leur attention.

- Tiens ! Tu attendais un client Sawyer ? Demanda Meg en fronçant les sourcils.

- Non ! Pas que je sache, je vais voir.

- Oh bon sang ! S'exclama Cassie en devenant livide. Je connais cet homme.

Elle se leva, et crispa sa main sur le bras de Sawyer avec un regard désespéré.

- Il travaille pour la banque Hartwell. C'est lui, qui a forcé la main au vieux Connors, mon ancien propriétaire. Nous avions un accord tacite, je louais les terres pendant un an et ensuite je rachetais sa propriété, le temps de me refaire financièrement. Mais cet homme a débarqué un matin le mettant en demeure de vendre à la banque. Le vieil homme est venu me voir en larmes. La banque lui mettait la pression, il a été obligé de leur céder les terres et voilà comment je me suis retrouvée à la rue. Oh ! Sawyer fais attention cet homme est le diable. Tu veux que je t'accompagne pour l'aspect juridique s'il y a un problème ?

- Eh ! Cassie calme toi, ne t'inquiète pas, je vais juste voir ce qu'il veut. On en reparle après, dit-il en s'éloignant avec Sam sur ses talons. Celui-ci grogna doucement ce qui le mit en alerte, ce chien savait parfaitement juger les gens.

L'homme avait un regard fuyant, des mains moites, un teint blafard, il ne cessait de s'essuyer le visage avec son mouchoir. Sawyer le dominait largement et prenait un malin plaisir à se courber au-dessus de lui. Monsieur Tolier se présenta au nom de la banque, ce qui éveilla la curiosité de Sawyer, ce n'était donc pas un client. L'homme aperçut les deux femmes à l'ombre de l'arbre.

- Ce ne serait pas l'excitée du refuge qui se trouve là-bas ? Murmura-t-il en faisant un signe du menton vers Cassie qui ne les quittait pas des yeux.

- Cette jeune femme est une grande amie. Au fait, vous ne m'avez pas dit la raison de votre visite monsieur Tolier.

- Hum ! Pourrions-nous en discuter à l'intérieur, il fait une sacrée chaleur, dit-il en s'essuyant de nouveau le front.

Piqué par la curiosité Sawyer l'invita dans sa maison. Cassie bouillait en les observant.

- Cassie calme toi ! Sawyer est un grand garçon, il ne se laissera pas emberlificoter dans leurs petites magouilles.

- Oh ! Meg et si je perdais une nouvelle fois le refuge ? J'ai un mauvais pressentiment, cet homme est le diable. Je ne crois pas que j'aurais la force de tout recommencer ailleurs. Cassie sentit un sanglot lui obstruer la gorge.

- Eh ! Sawyer n'est pas un vieux monsieur qu'on impressionne, crois-moi je le connais. En plus la banque n'a aucun moyen de pression sur lui, il n'est pas endetté. Je suis au courant car je tenais les comptes avant l'arrivée de Jared. Même si je n'étais pas l'employée du siècle, je sais ce qu'il en est.

Cassie ne put s'empêcher de sourire en se rappelant les propos de Sawyer sur les qualités de Meg en tant qu'assistante. C'est vrai que son amie était pleine d'énergie, pétillante, vive, et l'imaginer coincée derrière un bureau ne lui ressemblait pas.

Jared opina de la tête.

- Meg a raison, Sawyer est quelqu'un de réfléchi, et puis il tient beaucoup à ton refuge, il ne fera rien pour te nuire Cassie, bien au contraire.

Cassie rougit en se mordillant les lèvres, ses amis avaient raison, Il s'était montré incroyablement gentil en l'aidant à installer son refuge gratuitement sur ses terres. Pour Sawyer comme pour Cassie les relations humaines passaient avant tout. Elle sentit l'étau oppressant sa poitrine se desserrer légèrement.

Jared détourna ses pensées en lui demandant où en était leur enquête et Cassie soupira tristement.

- Cela fait maintenant des semaines et toujours rien, je commence à me demander si nous ne faisons pas fausse route. Peut-être qu'un autre indice nous mènerait sur une nouvelle piste plus intéressante ?

- Hum ! Attendons d'abord de ferrer le poisson. Le politicien est une espèce maline et visqueuse, on croit l'attraper elle nous échappe, il faut de la patience. Nous avons lancé la ligne attendons ! Affirma Jared en pouffant de rire, devant le regard incrédule de ses deux amies.

- Ce n'est pas toi, qui précisait à Sawyer de ne pas tirer de conclusions hâtives ? Ironisa Cassie les yeux pétillants de malice.

- Oui, je sais c'est parce que je voudrais l'aider à se détacher de son passé, il est marqué, et à chaque fois qu'un évènement arrive dans sa vie, cela lui revient comme un boomerang en pleine tête. Si vous aviez vu comme il stressait en rencontrant le shérif. Sawyer est quelqu'un de bien, il a du cœur et je voudrais qu'il se libère enfin de son traumatisme. Il fait tout pour aider les autres, alors c'est normal de le soutenir à mon tour, même si au fond de moi je pense que la probable mère de Tyler n'est pas aussi douce qu'on pourrait le croire.

Les deux femmes hochèrent la tête, mais leur attention fut attirée par le bruit d'une porte qu'on ouvre. Sawyer raccompagnait son visiteur, celui-ci semblait mécontent. L'homme démarra dans un nuage de poussière.

- Enfin ! On va savoir ce que cet homme lui voulait, murmura Meg en regardant Sawyer s'approcher.

Celui-ci s'installa sur une chaise à leurs côtés, se servit un verre de limonade qu'il but lentement sous les yeux ébahis de ses amis.

- Ohé ! Tu comptes nous faire languir encore longtemps Sawyer ! Précisa Meg en croisant ses bras.

- De quoi ! Oh vous voulez parler de cet homme. Ne vous inquiétez pas je gère, puis il porta de nouveau son verre à ses lèvres.

- Oh ! Bon sang ! Sawyer il voulait quoi ce type ? Insista Meg en lui tapotant le bras.

Il éclata de rire, esquivant une nouvelle petite claque de sa tante.

- Hé ! Vous ne devinerez jamais. Monsieur Tolier voulait racheter le terrain où est situé ton refuge Cassie.

- Quoi ! Celle-ci s'étrangla de fureur, elle devint blême et fixa d'un regard anxieux Sawyer.

Il mit sa main sur son bras pour la rassurer.

- Ne t'inquiète pas, il n'a aucun moyen de pression sur moi, même si… Il s'arrêta croisa les mains derrière sa tête d'un air rêveur.

- Même si quoi ? Répliqua Jared lui aussi curieux de connaître le fin mot de l'histoire.

- Il a d'abord essayé de m'en proposer un bon prix, comme je n'étais pas intéressé il a voulu m'amadouer en me proposant un crédit à un taux incroyable pour développer encore plus ma société. Il veut vraiment cette terre. Mais l'argent ne compte pas pour moi, dit-il en regardant ses amis, j'ai largement plus que ce que j'ai besoin, et je ne suis pas client chez-lui.

Cassie lui offrit un sourire reconnaissant. Meg fronça les sourcils et se tourna vers Jared qui se mordillait les lèvres.

- Pourquoi insiste-t-il autant, c'est surprenant pour un banquier ? Demanda-t-il en regardant Sawyer.

- Il m'a dit qu'il avait un client très important qui voulait absolument ces terres, c'était je crois la T.H.E.M.

- La T.H.E.M ? C'est quoi ça ? Interrogea Meg intriguée.

- Une société d'investissement qui a d'ailleurs ra… commença Sawyer, avant d'être brusquement interrompu.

- C'est celle qui a acquis les terres du vieux Connors où j'avais mon refuge. Je pense qu'il serait temps que je cherche un peu plus d'infos sur cette entreprise. La dernière fois aussi la banque servait d'intermédiaire, on n'a jamais vu les investisseurs.

Sam qui était couché à leurs pieds se mit à aboyer furieusement. Sawyer le calma en le caressant.

- Parfois il me fait flipper, on dirait qu'il comprend tout ce qu'on dit. Vous savez que pendant tout l'entretien avec monsieur Tolier il grondait doucement à mes pieds, comme pour me mettre en garde.

Jared se pencha à son tour lui relevant la tête doucement en le fixant.

- C'est un chien extraordinaire, je l'ai longtemps considéré juste comme un équipier, je le sous-estimais, je m'en rends compte aujourd'hui. J'ai appris ici à le voir comme un ami, sincère et loyal, ses yeux en disent plus que tous les mots, il suffit de l'observer. J'aime ce grand chien même s'il n'est plus à moi.

- Eh ! Sam n'appartient à personne, précisa Sawyer. Comme chacun d'entre nous ici présent, il fait partie de notre famille, étrange, bancale, mais une vraie famille qui se soutient, s'entraide et … s'aime.

Goguenard Jared lui fit un clin d'œil, faisant éclater de rire les deux femmes.

- Oh ! Attention pas de méprise dans mes propos, s'empressa de préciser Sawyer en rougissant.

Jared le regarda plus sérieusement.

- Merci Sawyer, j'ai découvert avec vous tous, une famille ou une communauté peu importe le nom, mais un lieu où je me sens enfin chez-moi. Pourtant j'ai été marié des années, mais je n'avais pas ce sentiment de bien-être, de confiance. On parle de tout, on s'entraide comme tu dis et même Sam a trouvé une vraie place. J'ai vécu auprès d'une femme sans savoir qui elle était vraiment, c'est un triste fiasco. Au fil du temps nous étions devenus des étrangers et je n'en avais même pas conscience, nous ne faisions que cohabiter.

Meg le regarda tendrement.

- Je crois que chaque épreuve nous permet d'avancer en mieux, il suffit de savoir en tirer les leçons. On apprécie plus les cadeaux de la vie, on en connaît la valeur c'est important. Tu sais on dit souvent, c'est un mal pour un bien, je comprends ce que cela signifie aujourd'hui.

Jared opina doucement de la tête. Sam se releva brusquement et fouetta sa queue contre le sol. Sawyer aperçut Tyler qui s'approchait joyeusement d'eux.

- Tiens ! Voilà le dernier membre de notre famille.

- Vous ne devinerez jamais ! J'ai reçu un coup de téléphone.

- Quoi ! Mais de qui ? Demanda Meg avec curiosité.

- Madame Emma Hartwell, la femme du sénateur en personne. Vous imaginez, dit-il avec excitation. Elle désire me rencontrer, merci à tous pour votre aide. Je vais peut-être voir ma mère grâce à vous.

- Tu l'as entendue au téléphone, Cela a dû te faire un sacré choc, comment est sa voix ? Interrogea Cassie.

- Non, euh !... En fait c'était son assistante, qui m'a téléphoné. Demain une limousine viendra me chercher. Mais… Enfin je sais que c'est beaucoup demander, j'aimerais… si c'est possible bien sûr, que…

- Bon ! Alors tu veux quoi Tyler bon sang ! Que ces hommes sont longs pour s'exprimer, tu ne trouves pas Cassie ? Rouspéta Meg en le fusillant gentiment du regard. On nous accuse d'être trop bavardes, mais parfois c'est préférable. Je sens que je vais mourir de vieillesse avant de comprendre ce qu'il attend de nous.

- Je … Je n'ai pas envie d'y aller seul. Sawyer tu ne voudrais pas venir avec moi ?

- Moi, rencontrer un sénateur ?

Il siffla entre ses lèvres et fronça les sourcils, en voyant Jared pouffer de rire.

- Tu auras tout fait Sawyer. Après ça, ta phobie des représentants de l'ordre et des politiciens sera définitivement oubliée. C'est ce qu'on appelle un traitement de choc.

Sawyer regarda les mines hilares de ses amis, seul Tyler stressé semblait attendre sa réponse. Il poussa un long soupir.

- Euh ! Si tu penses que je peux aider c'est d'accord, mais je préfèrerais que Cassie nous accompagne aussi.

- Qui ? Moi ? Mais pourquoi ? Répliqua celle-ci s'étranglant avec son fou rire.

- Tu as plus l'habitude que nous de côtoyer ce monde d'hypocrites, précisa Sawyer et…

- Hum ! Hum ! Le coupa Meg. Nous avions décidé de ne pas tirer de conclusions hâtives, attendons, ce sont sûrement des gens charmants n'est-ce pas Sawyer ?

- Oui, bien sûr ! Enfin voilà pourquoi je préfèrerais que Cassie vienne avec nous. Je risque d'être comment dire… mauvais juge, Cassie sera plus objective, qu'en penses-tu ? Demanda-t-il en se tournant vers elle.

Cassie vit l'appréhension dans le regard de Sawyer. Elle connaissait son passé, ses craintes et après tout ce qu'il avait fait pour l'aider, elle ne pouvait pas refuser et surtout n'en avait pas envie. Cet homme si fort avait une faille profonde en lui, il manquait de confiance. Elle lui sourit en hochant la tête.

Sawyer sentit son cœur s'alléger, il n'aurait pas à subir cette épreuve tout seul. Tyler poussa un cri de joie et s'en alla en courant vers le ranch.

- Et voilà le poisson est ferré, précisa Jared tout heureux, en tapant dans la main de Sawyer.

- Pauvre gosse, murmura tristement Cassie.

- Pourquoi tu dis ça ? Demanda Sawyer, c'est exactement ce que nous voulions, une confirmation et cette invitation est une preuve. Elle a reconnu les objets.

- Oui mais elle n'a même pas pris la peine de le joindre au téléphone, c'est son assistante qui s'en est chargée. J'ai bien peur que nous allions au-devant d'une grande déception.

Un long silence régna, devant cette évidence. Puis Cassie se tourna vers ses amis en se mordillant les lèvres.

- Un truc me revient en tête cela me turlupine depuis quelques jours. À côté de mon ancien refuge vit Edna Cooper, une vieille dame adorable, elle travaillait pour le grand-père Hartwell comme cuisinière.

Cassie s'arrêta semblant réfléchir intensément.

- Et alors ? Insista Jared en fronçant les sourcils.

- C'est aussi une amoureuse des chats, elle m'a pris le vieux Nestor que je n'arrivais pas à placer.

- Super Cassie, quel scoop, se moqua gentiment Sawyer en souriant.

- Non ce n'est pas ça idiot ! Pouffa de rire Cassie. Ce qui est intéressant c'est ce qu'elle avait à me raconter.

- C'est-à-dire ? La coupa Meg en plissant les yeux.

- Edna prétend que depuis quelques semaines il se passe des choses étranges sur le terrain du vieux Connors. Toutes les nuits elle voit des lucioles géantes s'agiter, elle n'ose plus sortir la nuit.

Un éclat de rire général retentit.

- Elle a fumé sa moquette ta vieille Edna, ou bien ce sont les premiers signes d'Alzheimer, ou de démence sénile, précisa Sawyer en s'essuyant les yeux tant il avait ri.

- Oh ! Gros malin et si… si c'était autre chose, répliqua avec sérieux Cassie.

- Attention ne reste pas au soleil, il tape fort Cassie, oh ! Pousse-toi une fourmi géante va t'écraser.

- Ah ! Ah ! Ah ! Je suis morte de rire, rétorqua Cassie avec agacement. Jared qu'en penses-tu ?

Celui-ci se frottait le menton doucement.

- C'est étrange, elle a déjà déliré comme ça avant ?

- Non ! Pas que je sache. Oh ! Bien sûr il lui arrive de radoter, mais rien d'aussi loufoque.

- Cela me rappelle une affaire sur laquelle nous avions travaillé. Le seul témoin était un vieil homme que personne ne prenait au sérieux car ses révélations étaient surprenantes, mais au final en décryptant son témoignage il nous a menés sur la piste d'un gang très dangereux. Je pense qu'il faudrait aller voir la vieille Edna, je viendrai avec vous. Le fait que ce Tolier rachète au nom d'une société inconnue toutes les terres environnantes pique ma curiosité. Demain vous devez vous rendre chez le sénateur, nous nous en occuperons après.

CHAPITRE VIII

Le lendemain matin, Tyler trépignait devant le porche sous les regards amusés de ses amis. Cassie venait d'arriver et Sawyer fut surpris de sa transformation, elle arborait la parfaite tenue d'avocate, tailleur gris clair, chemisier rose pâle et des escarpins vertigineux. Même Sam hésita à s'approcher d'elle, Sawyer grimaça, il jeta un œil sur sa propre tenue, jean noir et chemise bleu ciel. Il soupira que cette journée allait être longue, il sortait de sa zone de confort et n'aimait pas du tout ça. Rencontrer ces gens était au-dessus de ses forces, mais pour Tyler il prendrait sur lui.

Il regarda Cassie qui s'avançait vers lui, le détaillant avec attention.

- Tu… tu n'as pas de costume ? Une cravate serait de bon ton.

Sawyer exaspéré grogna.

- Je ne savais pas qu'on allait à un mariage… ou à un enterrement, persifla-t-il excédé.

Meg et Jared pouffèrent de rire.

- Je crois qu'on ne va pas trop lui en demander, c'est déjà énorme de le faire entrer dans l'arène politique, tu ne crois pas Cassie ? Suggéra gentiment Jared.

Cassie sembla tout à coup se détendre, elle se mordilla les lèvres.

- Oups ! Je suis désolée, mes anciens réflexes reviennent. Cela doit-être ce tailleur, je ne suis plus habituée. Comme-toi je préfère le jean, je m'y sens plus à l'aise, surtout pour travailler au refuge. J'aurais dû rester moi-même, excuse-moi.

Il sentit tout à coup sa confiance en lui remonter. Au contact des animaux il l'avait vue se transformer de plus en plus. La vraie Cassie avait émergée au fil du temps et franchement, il préférait cela, car l'avocate l'impressionnait, lui faisait peur. Il aimait la nouvelle Cassie, une fille franche et sincère qui riait pour un rien et dont le bleu des yeux lui rappelait l'immensité du ciel texan par une belle journée d'été.

- Oh ! Regardez cette limousine noire qui arrive s'écria joyeusement Tyler. Bon sang ! Je n'en reviens pas elle est immense, trop cool !

- Et voilà ! On y est, que le spectacle commence, soupira Sawyer.

Jared manœuvra son fauteuil avec dextérité, s'approcha et lui tapota le dos pour le soutenir.

- Surtout, précisa-t-il, notez tout. Le moindre détail aura son importance. Tyler prend ta boîte, Madame Hartwell voudra sûrement la voir de près.

Celui-ci s'empressa de la saisir, tenant ce vestige du passé comme un précieux trésor, sous les regards émus de ses amis. Tous savaient à quel point ce jour était important pour lui.

Le chauffeur portant un uniforme noir descendit du véhicule pour les saluer, puis il ouvrit la portière. Cassie avec un grand sourire s'y engouffra, suivie de près par Tyler. Sawyer lui traîna des pieds, regardant une dernière fois Jared et Meg, celle-ci l'encouragea d'un regard, elle savait à quel point cette journée pesait sur ses épaules.

Tyler excité n'arrêtait pas de parler, peut-être pour cacher sa nervosité, Cassie l'écoutait avec gentillesse, et Sawyer se concentrait sur le paysage. Ce voyage lui parut interminable.

- Où allons-nous exactement ? Demanda-t-il au chauffeur.

- À la résidence des Hartwell à Houston, monsieur.

- Je croyais que nous les rencontrerions dans leurs bureaux ? Répliqua surprise Cassie.

- Non madame, les ordres sont bien précis. Regardez devant vous, nous allons franchir le portail du King Ranch.

Ils se penchèrent tous vers l'avant, médusés par la taille de l'entrée et l'immense route menant à une demeure impressionnante d'un blanc éclatant.

- Waouh ! S'extasia Tyler tout sourire.

- Pff ! Même le nom est pompeux, murmura Sawyer à l'oreille de Cassie qui pouffa de rire. Que cette journée va me sembler longue. Je t'en prie Cassie abrège ma souffrance ou plante moi un couteau si j'agonise trop bruyamment.

- Cela ira tu verras, j'avais l'habitude d'évoluer dans ces sphères à New-York, j'en connais les codes, affirma-t-elle avec conviction.

Sawyer n'en était pas si sûr, la limousine s'arrêta devant le porche où une jeune femme en tailleur bleu marine les attendait.

- Hum ! Cela doit être l'assistante je suppose, chuchota Cassie à son oreille. Allez Tyler à toi de jouer tu as attendu ce moment toute ta vie mon grand.

Cassie mit sa main sur le bras de Tyler.

- Ne t'inquiète pas, nous serons à tes côtés quoi qu'il arrive.

Tyler se mordillait les lèvres nerveusement, il appréhendait cette rencontre.

Au grand soulagement de Sawyer Cassie prit les choses en main, elle les présenta à madame Pitts l'assistante personnelle de madame Hartwell.

- On pensait que madame Hartwell nous accueillerait elle-même, ne put s'empêcher de bougonner Sawyer, ce qui lui valut un discret coup de coude de la part de Cassie.

- Oh ! Je suis désolée, monsieur et madame Hartwell vous attendent dans le bureau du sénateur.

- Le sénateur sera là aussi ? S'écria un Tyler devenu subitement blême.

Sawyer dut retenir un soupir d'exaspération, la totale ! Il allait devoir faire des courbettes, tout ce qu'il détestait. Que cette journée était pénible, du moins pour lui, car en regardant la joie sur le visage de Tyler il ne put retenir un sourire, le petit touchait au but, il en était certain.

Madame Pitts, Les fit pénétrer dans une demeure majestueuse, Sawyer vit que même Cassie était impressionnée, elle regardait de tous les côtés. Il ne put se retenir de la taquiner.

- Je ne crois pas que Jared parlait de détails concernant la décoration, précisa-t-il en lui faisant un clin d'œil.

Cassie pouffa de rire, ses magnifiques yeux bleus pétillaient.

- Voilà c'est ici, indiqua Madame Pitts en toquant sur une porte qu'elle ouvrit immédiatement.

Cassie pénétra la première dans ce bureau aux dimensions incroyables et au luxe tapageur, Tyler la suivait de près, il tenait serré contre son cœur sa boîte pleine de souvenirs. Quant à Sawyer il avait l'impression d'être traîné de force chez le dentiste.

Un couple se tenait debout face à eux, l'homme âgé d'une cinquantaine d'années, les cheveux blonds et le regard vert, fixait avec intensité Tyler, la jeune femme que Sawyer reconnut immédiatement se tenait figée la bouche entrouverte, elle triturait son collier de perles dont le léger tintement brisait le silence assourdissant qui régnait dans la pièce.

Le sénateur s'approcha alors pour les accueillir avec un sourire étincelant mais qui n'atteignait pas ses yeux, il fit les présentations. Sawyer fronça les sourcils, cet homme lui semblait familier, pourtant la politique n'était pas son truc. Il avait sûrement dû déjà le voir à la télé sans y prêter attention. Il leur fit signe de s'asseoir sur un immense canapé, sa femme et lui-même s'installèrent face à eux dans des fauteuils de velours bleu ciel.

- Ainsi donc voici ce jeune-homme qui a envoyé les photos de la boîte à ma femme. Vous imaginez notre choc je suppose.

- En fait… en fait monsieur le sénateur, c'est moi qui vous ai envoyé les photos et la lettre, Tyler vit avec…

- Je sais j'ai mené ma petite enquête, il vit avec un repris de justice, une infirmière et il semblerait un policier handicapé, c'est ça ? Demanda-t-il.

Sawyer dut prendre sur lui pour ne pas répliquer. L'air suffisant du sénateur l'exaspérait, au bout de quoi ? Deux minutes à peine. Il reporta alors son attention sur la jeune femme, son regard empreint de tristesse le toucha, elle semblait sous le choc de leur rencontre et ne quittait pas des yeux Tyler.

Madame Hartwell voulut se lever pour se rapprocher de Tyler, mais une main de son mari posée sur son genou l'en dissuada.

- Tyler… Tu …tu es très beau, je voudrais te dire tant de choses que… je ne sais pas par où commencer. Elle se mordilla les lèvres nerveusement. Tu dois m'en vouloir je suppose, mais j'étais si jeune ce n'était pas facile, personne n'aurait compris. Je…

- Avant toute chose intervint le sénateur, sachez que rien ne doit sortir de cette pièce. Cette affaire privée doit le rester, c'est bien clair ? Du moins tant que nous n'aurons pas décidé de la marche à suivre.

Cassie et Sawyer opinèrent de la tête Tyler lui semblait dans une bulle ne quittant pas des yeux madame Hartwell.

- Pourquoi ? Demanda-t-il d'une toute petite voix à sa mère.

Celle-ci jeta un coup d'œil furtif à son mari, elle semblait gênée.

- C'était compliqué Tyler, je ne pouvais pas te garder. À ta naissance je n'avais que seize ans, tu imagines, élever un enfant à cet âge-là… ma vie aurait été gâchée.

- Tu subissais la pression de tes parents ? Tu as été obligée de m'abandonner, c'est ça ?

De nouveau Emma Hartwell regarda brièvement son mari.

- Parle-moi de toi, je veux tout savoir, ce que tu aimes, tes études, tes passions. Apprenons à nous connaître, elle se pencha et se saisit des mains de Tyler qu'elle garda dans les siennes. J'ai raté tant de choses.

Faute à qui ? Pensa Sawyer qui écouta d'une oreille distraite Tyler raconter sa triste enfance, allant de foyer en foyer. Discrètement il observa ses hôtes, madame Hartwell semblait sous l'emprise totale de son mari, il le percevait dans sa gestuelle, sa posture, ses regards fuyants. De son pouce elle caressait la main de Tyler, c'était là le seul signe de tendresse, c'était bien maigre, même pas une embrassade, une accolade, rien ! Il haussa les sourcils, c'était peut-être ainsi qu'on exprimait ses sentiments dans le grand monde, on évitait les effusions en public, mais quand même, c'était son fils ! Le seul. Car il savait qu'elle n'avait eu aucun autre enfant. Elle ne s'était même pas occupée du premier fils de son mari car Dean était déjà un jeune adulte lors de son mariage, en fait ils avaient presque le même âge. Le sénateur lui, écoutait impassible, son visage n'exprimait aucune émotion.

Une jeune employée leur apporta du café et des petits gâteaux. Le sénateur leur fit signe de se taire. Après son départ madame Hartwell et Tyler reprirent leur discussion, évoquant leurs souvenirs.

Personne ne toucha au plateau, Sawyer avait une boule si énorme dans la gorge que rien n'aurait pu passer, il ressentait un malaise indicible. Machinalement il tendit le bras vers le sol comme pour caresser Sam et se souvint au dernier moment que celui-ci était resté au ranch. Sawyer était persuadé qu'il aurait grogné doucement comme avec monsieur Tolier, c'est fou ce qu'en peu de temps ce gros chien avait pris une place énorme dans son cœur et sa vie. Ce fut la voix du sénateur brusque et irritée qui le tira de ses pensées.

- Quelle chevalière ? Demandait-il en regardant son épouse.

Celle-ci sursauta et se mit à rougir violemment.

Tyler tout à son enthousiasme, continua sans se rendre compte de la tension qui régnait dans la pièce.

- Avec Meg, Cassie Jared et Sawyer on pensait que cette bague était peut-être un souvenir de mon père, dont les initiales seraient J-H. Hélas ! On n'a rien trouvé le concernant. Vous pourriez peut-être m'en dire un peu plus, insista-t-il en regardant sa mère.

- Cela ne servira à rien mon garçon, intervint le sénateur, c'était une aventure brève, une erreur de jeunesse, la folie d'un soir.

Sawyer vit Cassie froncer les sourcils de mécontentement.

- Nous avons réfléchi à tout cela, Tyler si tu le désires tu pourrais venir vivre avec nous. Ma femme a commis une erreur, mais je suis quelqu'un qui pense que tout le monde a droit à une seconde chance et j'ai basé toute ma politique sur la famille, elle est très importante pour moi.

- Mais ma présence à vos côtés pourrait vous nuire, murmura effaré Tyler sous le choc de cette proposition.

- Hum ! Ou pas, effectivement mes électeurs seront surpris, mais au contraire cela confortera ma position qui est de toujours protéger la famille quoi qu'il arrive, rien n'est plus important dans la vie. Alors si tu le désires je te le répète, nous t'accueillerons avec plaisir. Tu pourrais avoir un bel avenir à nos côtés, en tout cas mieux que… s'interrompit-il en faisant un signe de tête dédaigneux vers eux.

Sawyer sentit une rage profonde monter en lui, il ne supportait pas les sous-entendus méprisants et insultants du sénateur. Cependant il dut reconnaître en son for intérieur qu'il n'avait pas envisagé une seule minute que Tyler pourrait les quitter et une profonde douleur au cœur le fit grimacer. Il n'avait pas le droit de le priver d'un bel avenir, mais il l'aimait comme un petit frère et son départ l'affecterait profondément.

- Tu en penses quoi Sawyer ? Demanda Tyler en se tournant vers lui tout joyeux.

Il dut se mordre la joue pour ne pas livrer le fond de sa pensée, il n'y avait rien d'attachant chez ces gens, ils étaient superficiels et aussi froid qu'un bloc de glace.

- Je…

Cassie mit sa main sur la sienne pour poursuivre à sa place.

- C'est un peu prématuré, je pense que nous devrions laisser Tyler réfléchir à cette proposition à tête reposée, cela fait beaucoup d'un coup.

- Dépêche-toi Tyler, car je devrais alors informer mon service de presse, mes communicants, je vois déjà les gros titres « Un sénateur accueille à bras ouverts le fils de son épouse, la famille étant au cœur de ses priorités » Pas mal non ?

Madame Hartwell pinça les lèvres en baissant la tête d'un air coupable. Sawyer sentit le goût de la bile lui remonter dans la gorge. Tyler n'était pas un slogan politique, c'était un pauvre gosse qui avait besoin d'amour et d'attention.

Cassie dut ressentir sa rage, car elle se leva et donna le signal du départ, elle remercia chaleureusement les Hartwell, Sawyer serra un peu plus fortement la main du sénateur qui fit de même, l'antipathie entre eux était palpable. Madame Hartwell pour la première fois se laissa aller à un geste de tendresse en serrant dans ses bras son fils.

- J'aimerais beaucoup que tu viennes vivre ici. Tu sais Tyler on pourrait t'envoyer dans les meilleures universités, un bel avenir se tracerait devant toi, lui murmura-t-elle avec insistance. Pourquoi ne pas nous revoir dans quelques jours, nous pourrions passer un week-end complet ensemble qu'en penses-tu ?

Tyler hocha la tête, ses yeux pétillaient de bonheur.

Le chauffeur les attendait devant le porche, à croire qu'il n'avait pas bougé d'un pouce. À peine étaient-ils installés que Tyler volubile se tourna vers eux.

- Vous vous rendez compte, je pourrais vivre dans ce palais, c'est fou ! J'ai retrouvé ma mère grâce à vous, merci du fond du cœur, je n'oublierai jamais.

- Tu comptes faire quoi ? Demanda doucement Cassie.

Sawyer sentit son cœur se broyer, et cette maudite douleur se manifesta de nouveau.

- Je… Je ne sais pas, d'un côté c'est tentant, vivre avec un sénateur c'est trop cool, mais… d'un autre côté, j'aime vivre au ranch, avec Meg, Sawyer, Jared et toi Cassie, sans oublier Sam, vous êtes ma famille de cœur, et je n'ai pas envie de vous perdre.

Sawyer mit sa main sur la sienne.

- Tu ne nous perdras pas Tyler quoi qu'il arrive, quoi que tu choisisses. Nous serons toujours là pour toi. Un seul mot et je reviendrai te chercher si tu décides de vivre avec ces… enfin ces gens.

Cassie approuva d'un hochement de tête. Le retour se fit dans un long silence, chacun étant perdu dans ses pensées. Sawyer ressentit une joie immense en passant le portail de son ranch il n'était peut-être pas aussi fastueux que celui des Hartwell mais il y régnait une chaleur humaine qui le fit sourire de plaisir. Meg et Jared se précipitèrent sous le porche en entendant la limousine arriver. Sam courut vers eux, leur faisant une fête incroyable. Non ! Franchement Sawyer n'enviait rien aux Hartwell. Il se retourna pour remercier le chauffeur et le regarda partir avec soulagement.

- Alors c'est bien ta mère ? Vous auriez pu nous téléphoner quand même. Nous on n'osait pas vous déranger. Je veux tout savoir, s'empressa avec volubilité Meg.

- Encore faudrait-il qu'on puisse placer un mot, ironisa gentiment Sawyer faisant pouffer de rire ses amis.

- Bon ! Alors installez-vous ici, j'ai préparé des cookies et des boissons fraîches, je n'en pouvais plus de vous attendre. Je vais tout chercher dans la cuisine.

- Laisse ! Meg je m'en charge, installe toi à leurs côtés, précisa Cassie d'une voix éteinte, qui éveilla la curiosité de Meg et Jared.

Ils froncèrent les sourcils en se tournant vers Sawyer, puis reportèrent leur attention sur Tyler.

- Raconte-moi tout, demanda Jared en croisant ses mains sous son menton.

Celui-ci tout à sa joie, décrivit le ranch immense, sa rencontre avec sa mère et le sénateur. Il était fébrile encore habité par l'exaltation de leurs retrouvailles.

- Et toi Sawyer, tu en penses quoi ? Interrogea Meg en se tournant vers lui.

Il se contenta de hausser les épaules, Jared plissa les yeux en l'observant avec gravité.

- Au fait Tyler pourquoi t'a-t-elle abandonné ? Et ton père tu connais son nom ? Questionna Meg.

- Non pas vraiment, elle a dit qu'elle était trop jeune, que sa vie aurait été gâchée, il faut la comprendre, elle n'avait que seize ans. Quant à mon père, c'était juste une très brève relation, un coup d'un soir sûrement.

Meg outrée ouvrit en grand la bouche et se retourna brusquement vers Sawyer, mais le retour inopiné de Cassie, l'interrompit dans sa lancée, celle-ci poussa un long soupir.

- Tyler, mon grand, dit-elle en posant le plateau devant eux, je ne voudrais pas que tu t'emballes trop vite.

Sawyer qui n'avait rien mangé depuis longtemps sentit les effluves des cookies lui chatouiller les narines. Il tendit la main doucement vers les gâteaux. Sam lui gratta la cuisse en posant sa truffe dessus, le regardant d'un air implorant. Il lui fit un clin d'œil et se saisit de deux cookies, lui en donnant un discrètement.

Un profond soupir à ses côtés lui fit tourner la tête, c'était Jared qui souriait en les regardant.

- Je comprends ce qui vous rapproche, c'est la gourmandise.

- N'importe quoi ! Je ne suis pas gourmand et Sam non plus d'ailleurs, hein mon gros ! Dit-il en caressant la tête de celui-ci.

- Tu veux rire ! Se moqua gentiment Meg dès que je mets les cookies dans le four comme par hasard je te vois revenir dans ma cuisine, et maintenant c'est pire, Sam reste carrément à mes côtés. Je le soupçonne même de m'en avoir volé deux. Ça c'est ta mauvaise influence Sawyer.

- Pas possible ! Toi un chien policier tu aurais volé ? S'esclaffa ce dernier hilare.

Sam aboya joyeusement semblant comprendre qu'on parlait de lui.

- Dire que ce chien avait une ligne incroyable, c'était un véritable athlète depuis qu'il est ici je le vois s'empâter, soupira exagérément Jared.

- Bon ! Je lui pardonne, je n'étais peut-être pas la meilleure assistante mais ma cuisine est irréprochable, précisa Meg en souriant.

Tyler silencieux fixait Sawyer avec attention en se mordillant les lèvres.

- Qu'en penses-tu Sawyer des Hartwell ?

- Pff ! Je ne sais pas Tyler.

- Sawyer je ne veux pas que tu dises ce que j'ai envie d'entendre, tu le sais j'ai totalement confiance en toi, et en vous tous, dit-il en regardant tous ses amis. Je veux votre avis sincère.

- Je ne les aime pas, affirma avec détermination Sawyer.

Devant l'air stupéfait de Meg et Jared, il continua.

- Je suis désolé Tyler, mais ces gens ont autant de chaleur humaine qu'une banquise, alors c'est peut-être ainsi dans le grand monde, mais franchement, je ne les apprécie pas. Ils n'étaient même pas sous le porche pour nous accueillir. Elle ne t'a pas pris une seule fois dans ses bras, à part un semblant d'accolade au moment du départ.

Tyler hocha la tête sans dire un mot, puis se tourna vers Cassie.

- Et toi ?

Elle grimaça, poussa un long soupir.

- Je … je n'ai pas eu une très bonne impression non plus, je suis désolée mon grand. Les sourires du sénateur n'avaient rien de chaleureux, ta…mère n'était pas spécialement tendre. J'ai l'impression qu'ils veulent juste tirer profit de ces retrouvailles. Le sénateur ne s'en est pas caché d'ailleurs.

Elle mit sa main sur celle de Tyler comme pour le réconforter.

- Je sais que tu attendais beaucoup de cette rencontre, mais, vois-tu Tyler, si tu étais mon fils, je n'aurais eu qu'une envie te serrer dans mes bras, t'embrasser et surtout pas t'envoyer dans une université à l'autre bout du pays, aussi bonne soit-elle. J'aurais tellement à rattraper et à me faire pardonner.

Une larme coula sur la joue de Tyler, et Cassie s'en voulut d'avoir été aussi directe.

- Sans compter que pour ton abandon elle n'a pensé qu'à sa vie qui risquait d'être gâchée, mais a-t-elle pensé à ta vie à toi ? Je ne crois pas, murmura doucement Sawyer.

- Écoute Tyler, on fait peut-être fausse route, ils t'ont proposé de les revoir un autre week-end, tu te rendras mieux compte de leurs sentiments, attendons, d'accord ? Suggéra Cassie devant la peine évidente de Tyler.

- Merci, je voulais votre avis sincère. Je crois qu'au fond de moi j'attendais plus de ces retrouvailles, vous avez raison. Quelque chose clochait, mais j'étais tellement désireux d'y croire que je m'illusionnais, peut-être que je les idéalisais. Oui j'aurai voulu que ma mère se jette dans mes bras, en pleurant, en s'excusant.

Il essuya furtivement une larme qui coulait.

- J'aurais aimé qu'elle me demande pardon, elle ne l'a pas fait. Tu as raison Meg je verrai lors de ce prochain week-end, je serai moins sous le choc, je réaliserai mieux sûrement. J'ai totalement confiance en vous, alors merci je sais que ce n'est pas facile pour vous.

Meg toussota touchée par l'émotion de Tyler.

- Oui tu verras mieux la prochaine fois. Il faut prendre un peu de recul. Ta mère aussi était peut-être sous le choc de cette rencontre, laissons-lui le bénéfice du doute.

- Non Meg, murmura doucement Tyler. Je sais que si Cassie ou toi étiez ma mère, vous vous seriez jetées dans mes bras en pleurant. Tu as un cœur immense comme elle, tu m'as accueilli à bras ouverts, comme si j'étais ton fils. Tous les matins tu me réveilles en me chantonnant une petite ritournelle, et tu prépares tout ce que j'aime. C'est ce que fait une maman.

Sawyer pouffa de rire.

- Moi aussi elle me réveille avec sa petite chanson matinale, et pourtant j'ai trente-deux ans.

- Plaignez-vous ! Je trouve que c'est mieux que la sonnerie stridente d'un réveil matin.

- C'est vrai, affirma Sawyer en se levant pour enlacer sa tante et surtout cela prouve que tu as le cœur d'une vraie maman.

- Quant à Cassie, reprit Tyler, elle ne peut s'empêcher d'aider tous les animaux dans la souffrance elle te ressemble beaucoup Meg, voilà pourquoi vous vous entendez si bien. Elle pourrait être ta fille. Je sais que le jour où elle sera maman, jamais elle n'agira comme madame Hartwell.

Cassie avait les yeux embués de larmes. Oui ils formaient une famille atypique mais si pleine d'amour et d'attention les uns pour les autres.

- Bon ! Ce n'est pas tout, dit-elle pour se ressaisir, demain nous devons aller chez madame Edna Cooper, pour comprendre ce qui se passe sur le terrain du vieux Connors. Qui viendra avec Sawyer et moi ?

Meg et Jared échangèrent un regard.

- Nous viendrons aussi avec Sam bien sûr, je suis curieuse de comprendre ce qu'elle entend par des lucioles géantes.

- Des lucioles géantes ? Répéta avec un regard étonné Tyler, moi aussi je voudrais voir ça.

- Non ! Demain toi tu as école, n'oublie pas ce que nous avons décidé avec la personne en charge de ton dossier. De toute façon, ce sont surtout des araignées au plafond qu'elle a la vieille Edna, conclut-il en souriant. Aïe ! S'exclama-t-il en se frottant le bras Cassie venait de lui asséner une petite tape en souriant.

- Monsieur est spécialiste en maladies mentales, je ne le savais pas. Edna est une vieille dame charmante. Je suis certaine que cela cache quelque chose.

- Si tu le dis, murmura Sawyer les yeux pétillants de malice. Bon ! Je ne sais pas pour vous, mais la journée a été plutôt longue. Alors nous verrons bien demain ce que nous découvrirons. Peut-être comme dans Mens in Black un énorme cratère d'où sortent des extra-terrestres, venus d'une autre galaxie.

Ils éclatèrent tous de rire.

CHAPITRE IX

Le lendemain matin, ils décidèrent de prendre deux véhicules, pour se rendre chez Edna. Jared accompagna Meg, sa voiture étant plus basse et mieux adaptée. Sawyer monta avec Sam dans le véhicule de Cassie, car il devait se rendre ensuite au refuge pour l'aider à déplacer des caisses très lourdes.

Il n'aimait pas beaucoup se laisser conduire par une femme, peut-être encore une chose qu'il devrait changer, pensa-t-il en souriant. Cependant quand il la vit s'engager un peu rudement sur la route principale, il se dit que tout compte fait, certaines choses n'évolueraient pas, oh là, là ! Il n'avait pas du tout envie de recommencer cette expérience.

- Un problème Cassie ? S'inquiéta-t-il en voyant sa conduite nerveuse. Si tu veux je prends le volant ?

- Oh non ! Conduire me détend.

Sawyer éclata de rire.

- Tu te moques ! Tu es tendue comme les cordes d'une guitare, maugréa-t-il en s'accrochant une fois de plus au tableau de bord.

Cassie ne put s'empêcher de pouffer de rire. Elle décida de ralentir et Sawyer put enfin laisser l'air s'échapper de ses poumons.

- Tu as de drôles d'expressions Sawyer. Que tu dises que je suis un peu nerveuse, je veux bien mais ça ! Il n'y a que toi pour réagir ainsi. En fait, murmura-t-elle en le regardant furtivement, nous avons eu il y a quelques jours une discussion et je…je voulais te dire que tu avais raison.

- J'ai toujours raison, confirma-t-il tout sourire.

- Et tu n'es pas le plus modeste, ça aussi c'est une vérité, ironisa-t-elle gentiment moqueuse.

- Et en quoi ai-je raison ?

Cassie repoussa une mèche de cheveux derrière son oreille, son regard bleu était empreint de tristesse.

- L'autre jour tu as dit que mon passé me pesait comme pour Jared, Meg et toi, tu te rappelles ?

Sawyer opina de la tête en fronçant les sourcils.

- Tu n'avais pas tort, vois-tu je travaillais dans un grand cabinet juridique comme avocate junior et j'étais éblouie par mon mentor. Elle ricana tristement, j'étais naïve et stupide.

- Comment ça ? Insista Sawyer en mettant sa main sur la sienne.

- Il se moquait de moi, je faisais tout le travail et il en avait toute la gloire, il disait que c'était préférable, que de toute façon nous formions une équipe, il m'a fait croire qu'il…

- Qu'il quoi ?

- Que nous aurions un avenir commun, et moi j'avais des étoiles plein la tête. Jusqu'au jour où un entrefilet dans un journal m'a dessillé les yeux. On y annonçait ses fiançailles avec la fille du principal actionnaire. C'était juste un opportuniste qui se servait de moi pour grimper plus vite les échelons.

- Quelle ordure ! Éructa Sawyer.

- Je n'étais qu'une jeune idiote. Cassie soupira tristement, j'étais terriblement blessée, j'ai fui, tu as raison. Je me suis dit que ce monde-là n'était pas fait pour moi, je n'en décryptais pas les codes. Elle tourna brièvement la tête dans sa direction, le fixant d'un regard bleu empreint de douleur. J'ai toujours aimé les animaux, ils ne trichent pas, ne jugent pas, ils aiment de tout leur cœur, tu me comprends Sawyer ? Je voulais une vie simple et honnête, être fière de mon travail en aidant les autres.

- Et tu le fais très bien Cassie, au final c'était la bonne décision de venir ici. Tu as remarqué, c'est un peu comme si le destin se jouait de nous, il nous déplace comme des pions sur l'échiquier de la vie. Pour nous offrir un nouveau départ, nous en avions tous besoin.

Cassie fronça les sourcils semblant réfléchir à ses propos.

- C'est exactement ça, et franchement, dit-elle en lui souriant, j'adore ma nouvelle vie, vous comptez tous énormément pour moi. Ah ! Tiens, dit-elle en se concentrant de nouveau sur la route, nous arrivons, c'est la petite maison qu'on voit à droite.

- Ouf ! Tant mieux. Au fait, pour le retour je conduirai, et la prochaine fois que tu veux me dire quelque chose fais-le quand nous sommes à pied.

- Oh ! Quel macho, s'esclaffa Cassie en riant.

- Eh bien ! Je vois que votre trajet s'est fait dans une bonne ambiance se moqua Meg en se garant juste à côté d'eux.

Une vieille dame courbée par les ans s'approcha en souriant, elle avait des yeux rieurs et malicieux qui faisaient disparaître les traits d'un visage si ridé qu'on ne pouvait lui donner un âge précis.

- Ma petite Cassie, murmura-t-elle en l'embrassant sur les joues, vous venez voir mon Nestor ?

- Non ! Pas du tout. Je sais qu'il est heureux avec vous, je vous ai emmené mes amis, car j'aimerais que vous leur racontiez cette histoire de… de lucioles géantes.

La vieille dame pinça les lèvres en les menaçant de son index.

- Oh ! Bien sûr, vous vous dites, la vieille bique a perdu la tête, mais je sais ce que j'ai vu et Nestor aussi l'a vu, hein mon gros, précisa-t-elle en caressant un vieux chat bedonnant qui se frottait contre ses jambes.

Sawyer esquissa un petit sourire en coin, c'était exactement ce qu'il avait pensé, dans le fond elle n'était peut-être pas aussi sénile qu'il l'avait cru.

- Dites votre gros chien il ne va pas manger mon Nestor au moins ?

Sawyer baissa les yeux sur Sam, qui s'était couché à ses pieds, ne quittant pas des yeux cette étrange petite créature grassouillette.

- Non ! Notre chien est parfaitement dressé, affirma-t-il avec fierté, ce qui fit pouffer de rire Jared.

Edna les invita chez-elle avec un grand sourire. Sawyer poussa le fauteuil de Jared et s'installa à ses côtés sur une chaise, Meg prit place sur le canapé aux côtés de Cassie. La vieille dame se dirigea vers sa cuisine et revint avec un plateau garni de gâteaux, dont l'arôme succulent fit saliver Sawyer. Meg lui jeta un regard insistant et désapprobateur qui lui donna l'impression d'avoir huit ans.

- Servez-vous je vous en prie, j'adore cuisiner et la pâtisserie est mon péché mignon, alors pour une fois que j'ai des invités, faites-moi plaisir, goûtez-les.

Sawyer ne se le fit pas dire deux fois, il porta à sa bouche une bouchée et ne put s'empêcher de gémir.

- Oh ! Bon sang ! Edna vous êtes une pâtissière fabuleuse, affirma-t-il en se pourléchant les lèvres, faisant rire ses amis.

- Oh là, là ! Edna, précisa mutine Meg, il ne va plus vous lâcher je ne connais pas une personne plus gourmande que lui.

- C'est vrai, je suis prêt à vous épouser, je tuerai pour en avoir tous les jours sur ma table.

La vieille dame rougit sous les compliments.

- C'est vrai que vous étiez la cuisinière du vieux monsieur Hartwell non ? Interrogea Cassie en fronçant les sourcils.

- Oui ! Un sacré gourmand aussi le grand-père, Josh Hartwell. C'était une très belle personne, avec un cœur immense, pas comme ces deux vauriens, son fils et son petits fils. Vous savez que chaque année il organisait une grande fête pour tous ses employés, et sa famille y participait aussi. Oh ! On voyait bien que cela ne leur faisait pas plaisir de s'afficher avec nous sur les photos. Pour le grand-père Hartwell c'était important. Il ne faisait pas de différence entre les personnes, il avait beaucoup de respect pour ses employés qu'il traitait comme des membres de sa famille.

Edna se leva, et montra un pan de mur recouvert de photos.

- Pff ! Pas comme ces deux bons à rien. Regardez ! Cela représente toutes ces grandes fêtes chez les Hartwell. Hélas ! Ce rituel a pris fin avec la mort du vieux monsieur. C'était une belle époque, conclut-elle en soupirant.

Jared toussota pour attirer l'attention.

- Au fait Edna, pourquoi parlez-vous de lucioles géantes ?

- C'est bizarre ce qui se passe sur votre terrain Cassie. Vous voyez la fenêtre derrière-vous ? Eh bien ! Toutes les nuits depuis une semaine, je vois des lumières qui dansent, elles montent et descendent, comme le ballet des lucioles mais en plus gros, vous comprenez ?

- C'est étrange murmura Jared en se frottant le menton. Cassie quel était le futur projet pour ce terrain ?

- Je n'en sais rien, grimaça-t-elle. J'étais tellement en colère que j'ai dit mes quatre vérités à monsieur Tolier, alors tu comprends ce n'est pas à moi qu'il aurait fait des confidences.

- Mais moi je sais, répliqua d'un air de conspirateur Edna, en croisant les mains sur son ventre, toute fière de détenir la réponse.

- L'autre jour, je suis allée me promener devant la clôture, qu'ils ont érigée. C'est bizarre, il y a des gardes et je crois même avoir aperçu une arme sous leur blouson. Je leur ai demandé ce qui allait se construire juste à côté de chez-moi, ils m'ont répondu que ce serait un terrain de foot.

- Un terrain de foot ici, à Woodway ? S'exclamèrent-ils en chœur.

- Oui, oui ! Comme je vous le dis, confirma Edna en leur faisant un clin d'œil.

- Vous en êtes sûre ? Reprit stupéfaite Cassie.

- Bien sûr ! Je ne suis pas encore sénile, s'offusqua celle-ci en pinçant les lèvres. Voyez-vous l'âge à ses avantages, on ne se méfie pas d'une vieille dame à moitié gâteuse.

- Je n'en reviens pas, murmura Jared en se frottant le menton. Au fait et pour toi Sawyer il avait quoi comme projet pour ton terrain ?

- Il m'a parlé d'un lieu destiné aux enfants avec un skate parc, un circuit d'accro-branches, des pistes cyclables, des balançoires, tu vois le truc ?

- Hum ! La banque Hartwell faisant dans le social et le bien-être des habitants, c'est étrange ce serait bien une première. Un changement radical dans leur attitude, jusqu'à maintenant ils ont poussé bon nombre de fermiers à la faillite en les incitant à prendre des crédits qu'ils ne pouvaient rembourser, s'étonna Cassie soucieuse.

- Justement moi aussi cela m'a paru étrange. Savez-vous que maintenant ils prêtent des terres qu'ils avaient saisies à d'autres. Il paraîtrait qu'ils veulent aider de jeunes fermiers à s'installer de nouveau autour de Woodway, insista Edna en hochant la tête. C'est ce qu'ils ont fait avec cette grande ferme à la sortie ouest de la ville, vous voyez laquelle ? Si vous voulez mon avis il y a anguille sous roche comme disait ma grand-mère.

- Votre grand-mère ? Pouffa de rire Sawyer.

- Eh bien oui ! Mon garçon je ne suis pas descendue de l'arbre, j'avais une grand-mère comme tout le monde ici présent, conclut-elle en lui faisant un clin d'œil.

Sawyer la regarda en souriant. Non ! Tout compte fait Edna était loin d'être sénile. Il se mordilla les lèvres, cela voulait donc dire, qu'il se passait bien quelque chose sur ce terrain. Ils continuèrent de discuter de tout et de rien, la vieille dame était si contente d'avoir des invités. Elle les raccompagna à leurs véhicules et tendit à Sawyer une boîte contenant le reste des gâteaux.

- Oh ! Edna je crois que je vais vous épouser, vous savez parler à un homme vous ! dit-il en l'embrassant sur les deux joues.

Sur le chemin du retour, Sam n'arrêtait pas de poser sa tête dans le cou de Sawyer comme pour le supplier d'en avoir un pour le trajet.

- Non ! Et non ! Sam et dire que j'ai prétendu que tu étais bien élevé. Tu attendras d'être au ranch comme tout le monde. On ne fera pas de miettes dans la voiture de Cassie, même si je l'avoue il est difficile de résister à l'arôme de ces délicieux gâteaux, elle est sacrément douée Edna. Au fait, je devais prendre le volant pour le retour ? S'insurgea-t-il en fronçant les sourcils.

Cassie eut un petit sourire en coin, ses yeux pétillaient de malice.

- Oui mais voilà il a suffi d'un gâteau pour détourner ton attention. Tu sais Sawyer tu es facilement manipulable, tu devrais faire attention. Heureusement que monsieur Tolier ne connaît pas ton talon d'Achille.

Sawyer pouffa de rire.

- Encore faut-il être bonne cuisinière, affirma-t-il en lui faisant un clin d'œil.

- Oh ! Ne me regarde pas comme ça je suis archinulle.

De retour au ranch, ils se retrouvèrent à l'ombre d'un arbre pour faire le point sur ce qu'ils venaient d'apprendre. Tyler qui était rentré de bonne heure les attendait avec curiosité.

- Alors il y a vraiment un phénomène paranormal ?

- Oui bien sûr ! Nous avons même vu des traces de pas avec trois doigts, et un lambeau de peau verte, murmura avec sérieux Sawyer.

- Quoi ? Pas possible, je veux allez voir par moi-même, s'écria avec enthousiasme un Tyler dont les yeux grands ouverts firent rire tout le monde.

- Mais non ! Idiot Sawyer te fait marcher. Ces lucioles géantes cachent quelque chose c'est certain, mais quoi ? On n'en sait rien, précisa Meg en souriant.

- C'est quoi alors ces lumières ? Interrogea Tyler dépité.

- Hum ! À mon avis cela vaudrait le coup d'aller voir directement sur place, suggéra Jared. Mais tu vois… flûte avec ce… maudit fauteuil je ne suis bon à rien.

- Eh ! Je croyais qu'on avait dépassé ça, le coupa Sawyer. Nous formons une équipe, chacun apporte sa petite pierre à l'édifice, donc ce soir j'irai sur place pour me rendre compte.

- Je viens avec toi s'écria Tyler tout joyeux.

- Pas question ! Répliqua Sawyer, demain c'est vendredi, tu as école, j'ai promis à madame Curtis qui gère ton dossier que tu serais un excellent élève alors ne me fais pas mentir Tyler, je compte sur toi. Chacun doit remplir sa part du contrat.

- Pff ! Mais c'est nul l'école, geignit Tyler, en soupirant bruyamment. En plus tu ne peux pas y aller tout seul, c'est trop dangereux.

- D'autant plus qu'Edna a parlé d'hommes probablement armés, je viendrai avec toi, affirma avec conviction Cassie.

- C'est une très bonne idée que vous fassiez équipe, murmura Meg avec un petit sourire en coin.

Sawyer sentit un signal d'alarme clignoter dans sa tête en voyant la mine réjouie de sa tante. Il plissa des yeux en l'observant, que manigançait encore cette reine de la manipulation ?

- Oui mais voilà vous devrez être très prudents, nous ne savons pas ce que tout cela signifie. En plus il faudra penser à prendre des photos du moindre détail, cela peut nous aider à y voir plus clair, j'ai besoin que vous soyez mes yeux ce soir, murmura tristement Jared. Vous prendrez Sam avec vous, je serai plus tranquille et surtout Sawyer fie-toi à lui, il connait son boulot, c'est un chien incroyable, fais-lui confiance, tu m'as bien compris ?

Sawyer regarda Sam couché tranquillement à ses pieds, celui-ci releva la tête attendant son approbation, il lui sourit et vit les yeux de Sam briller de plaisir. Impossible ! Pensa Sawyer, ce chien ne pouvait pas comprendre de quoi il s'agissait. Décidément il ne cessait de le surprendre. Ce fut les cris de joie de Cassie qui le sortirent de sa rêverie.

- Super ! Je suis bien équipée car pour les adoptions je prends des photos de tous mes petits pensionnaires, j'adore ça. Tu vois Sawyer je serai une aide précieuse.

- Tant que tu ne me demandes pas de mettre un joli nœud rouge comme tu fais avec tes animaux dont j'ai vu les portraits cela me va, ironisa en souriant Sawyer, et voilà qu'il se prit deux petites tapes sur les bras, une de Cassie, l'autre de Meg. Il ne put s'empêcher de rire, décidément ces deux femmes se ressemblaient de plus en plus.

- Comment allons-nous procéder ? Demanda Jared avec sérieux. Pas question de s'introduire dans une propriété privée cela t'attirerait des ennuis Sawyer, surtout avec ton… passé.

- Oh ! Moi je sais, murmura d'un air espiègle Cassie. Derrière le refuge il y a une petite colline où je promenais mes chiens. J'y allais car cela me permettait aussi de garder un œil sur mon refuge qu'on domine. Donc cela sera la position idéale pour voir ce qui s'y passe en toute sécurité. Il nous faudra juste laisser la voiture, un peu plus loin pour ne pas attirer l'attention. Oh ! J'ai hâte de jouer aux espions. Bon ! Je dois filer mes employés vont partir, le travail m'attend. À quelle heure deviendrons-nous des enquêteurs ? Demanda-t-elle avec enthousiasme.

- Vous irez vers vingt-deux heures, affirma Jared. Qu'est-ce que je donnerais pour être à vos côtés.

- Eh ! Tu vas nous aider, d'abord c'est toi qui planifie tout et on aura besoin de toute ton expérience pour démêler cette étrange affaire, alors ne pleure pas sur ton sort. Bon ! Cassie a raison la journée n'est pas terminée, tout le monde au boulot, précisa Sawyer en tapant dans ses mains.

Le téléphone de Tyler sonna juste à cet instant, et celui-ci s'écarta légèrement pour prendre l'appel, sous les regards intrigués de ses amis. Il revint vers eux en se mordillant les lèvres.

- C'était ma… mad… ma mère, ils envoient une voiture me chercher demain matin très tôt pour que je puisse passer le week-end chez eux, ils veulent me présenter Dean qui arrivera dimanche.

Sawyer serra les mâchoires, ils auraient quand même pu lui demander son avis, mais devant le regard insistant de Tyler il préféra faire profil bas.

- Eh bien ! On dirait que ton vœu va être exaucé, tu vas manquer l'école demain. Mais lundi je veux te voir à l'école c'est bien compris ?

Tyler hocha la tête doucement, il appréhendait ce week-end.

- Eh ! Pas de panique c'est aussi bien ainsi, tu pourras apprendre à mieux les connaître, c'était la prochaine étape on le savait tous. Ne t'inquiète pas, murmura Cassie en mettant sa main sur son bras.

Tyler mit ses écouteurs et se dirigea vers le ranch.

- Voilà encore un souci de plus. Ce week-end va être bien chargé, soupira Sawyer.

Les autres éclatèrent de rire. Sawyer étonné les regarda.

- Oh ! Tu te comportes comme une maman poule, protégeant son poussin, s'esclaffa Cassie.

- N'importe quoi ! Rétorqua Sawyer furieux, en se levant à son tour pour reprendre son travail.

- Cot ! Cot ! Cot ! S'écria à son tour Jared.

Sawyer ne put s'empêcher de sourire discrètement, c'est vrai qu'il en faisait peut-être un peu trop. Il aurait dû être content, après tout Tyler obtenait ce qu'il avait toujours désiré, du temps avec sa maman.

La journée s'étira en longueur, ils avaient tous hâte de découvrir le mystère des lucioles géantes.

CHAPITRE X

Le soir venu Sawyer comme convenu récupéra une Cassie toute excitée à l'idée de mener une enquête. Sam couché à l'arrière du véhicule les observait attentivement.

- Attention Cassie, le seul à avoir de l'expérience ici c'est Sam alors prudence, pas un bruit nous devons rester discrets.

- À vos ordres chef, acquiesça Cassie en mettant sa main sur sa tempe, ses yeux bleus pétillaient de malice, et Sawyer ne put s'empêcher de sourire.

- J'ai repéré un endroit à côté de la petite colline pour y cacher notre voiture, c'est boisé donc parfait, personne ne la verra. Nous devrons juste marcher un peu ça ira ?

- Eh ! Tu me prends pour qui ? Je marche des kilomètres avec mes chiens chaque jour pour les promener, tu ferais mieux de te demander si toi, dit-elle en pointant son index sur son bras tu arriveras à suivre.

Sawyer éclata de rire, plus il la côtoyait, plus il aimait sa joie de vivre et son énergie, et dire que pendant longtemps il la trouvait hautaine, distante, en fait c'était juste de la timidité. Une fois le véhicule bien dissimulé, ils commencèrent à grimper la petite colline. Effectivement la vue sur le terrain en contre-bas était parfaite, Cassie avait raison.

- Viens par ici Sawyer ce massif de buissons nous permettra de nous cacher et d'observer en toute discrétion, donne-moi mon matériel.

- Avec plaisir c'est drôlement lourd ton matos.

- Oui, mais avec ça, rien ne nous échappera, Jared sera fier de nous.

Ils s'installèrent bien à l'abri, Cassie faisant des réglages tandis que Sawyer caressait Sam couché à ses côtés.

- C'est bizarre quand même, regarde ! Il y a bien des hommes qui surveillent autour du terrain, ceux dont Edna nous a parlé sûrement.

Au bout de deux heures, Sawyer commença à douter du bien-fondé de leur plan.

- Je serai mieux dans mon lit, affirma-t-il en baillant.

- Oh ! Sawyer où est ton goût pour l'aventure ?

- À minuit je n'en ai plus, murmura-t-il.

- Eh bien tu as tort ! Précisa Cassie en lui montrant du doigt des véhicules qui approchaient. On distinguait deux gros camions suivis par une voiture sombre et longue, un véhicule luxueux à priori.

Sawyer sentit l'adrénaline monter en lui, il se redressa subitement plissant les yeux pour mieux les observer. Une agitation régna sur le terrain, des hommes munis de torches s'activèrent silencieusement et un ballet de lumière commença. Ils indiquaient les directions aux véhicules, courant dans tous les sens sur le terrain, donnant l'illusion d'un vol de lucioles géantes. La vieille Edna avait raison.

- C'est étrange, regarde ! Ils ont masqué le logo de l'entreprise sur les camions.

Sawyer s'empara de son appareil pour mieux observer ce qui se passait, il pressa joyeusement le bras de Cassie.

- On oublie toujours un détail, regarde sur la capucine du vieux camion, on distingue les initiales H-C.

- Fais voir ! S'écria-t-elle en lui reprenant l'appareil des mains. Minutieusement elle commença à prendre des photos.

- Cassie prends les hommes aussi, et surtout celui qui vient de sortir de la grosse voiture, il se dirige vers le chef de chantier à priori. Je me demande bien qui c'est ?

Un étrange ballet commença, les individus déchargeaient des fûts, des paquets des camions et semblaient les déposer dans d'immenses trous répartis sur tout le terrain. Tout à coup, Sawyer sentit Sam se raidir à ses côtés, il commença à gronder doucement en tournant la tête de l'autre côté. Il lui intima le silence et pressa le bras de Cassie, l'obligeant à s'allonger près de lui. Celle-ci allait rouspéter, quand ils entendirent des bruits de pas juste au-dessus de leurs têtes. Sawyer sentit son cœur s'emballer, c'était sûrement les gardiens du terrain. Il regarda Sam qui semblait attendre sagement un ordre de sa part, Cassie elle tremblait de tous ses membres, ses yeux bleus agrandis par la peur. Il la serra plus étroitement contre lui pour la rassurer, en priant pour que les hommes s'éloignent.

Ils restèrent si longtemps immobiles que Sawyer commença à ressentir une crampe dans sa jambe, il grimaça de douleur. Les hommes, reprirent le chemin du retour, et il entendit Cassie pousser un long soupir.

- J'ai jamais eu aussi peur de toute ma vie, tout compte fait ce métier n'est pas pour moi, dit-elle en frissonnant.

- Tu as pris suffisamment de photos Cassie, je crois qu'on ferait mieux de redescendre, ces individus ne semblent pas plaisanter. Toi Sam, tu vas veiller à ce que le chemin soit dégagé, surtout ne faisons pas de bruit, donne-moi ton matériel, et si quelque chose se produit fonce à la voiture, je m'occuperai d'eux, c'est bien compris ? Tiens, prends les clés de mon 4x4.

Cassie effrayée prit les clés, en fronçant les sourcils.

- Quoi qu'il se passe je resterai à tes côtés, pas question que je t'abandonne à ces… on ne sait pas de quoi ils sont capables Sawyer, ni qui ils sont.

Sawyer soupira, ce qu'elle pouvait parfois être agaçante, puis il sourit Meg aurait agi de même. Ces deux femmes se ressemblaient étrangement.

La descente se fit plus doucement, ils scrutaient la moindre lumière, le moindre grognement de Sam. Sawyer pouvait entendre les battements de son cœur dans sa gorge. Une fois bien à l'abri dans leur voiture, il décida d'attendre avant d'allumer ses feux, afin de ne pas attirer l'attention.

Il raccompagna une Cassie silencieuse chez-elle, ce qui l'inquiéta, cela ne lui ressemblait pas.

- Tu vas bien ?

- Je n'arrive toujours pas à respirer normalement, oh ! Tu te rends compte, il est déjà trois heures du matin, et je suis tellement énervée que je n'arriverai jamais à m'endormir c'est impossible. Merci Sawyer, sans toi ces hommes nous auraient attrapés, et je n'ose même pas imaginer ce qu'ils nous auraient faits.

- C'est Sam le héros, c'est lui qui m'a prévenu de leur arrivée.

Celui-ci aboya joyeusement comme s'il comprenait qu'on le félicitait. Cassie éclata de rire et lui embrassa le bout de la truffe en le remerciant.

Sawyer attendit de la savoir bien à l'abri dans sa maison, avant de reprendre la route. Une fois chez-lui il se laissa tomber comme une masse sur son lit, tout habillé, la fatigue le rattrapait. Ce fut l'odeur d'un café qu'on passait sous son nez qui le réveilla.

- Ah ! Enfin il est dix heures du matin. Jared s'est occupé de distribuer le travail à ton équipe, ne t'inquiète pas, et Tyler est parti depuis une heure déjà. Meg le regardait avec inquiétude. Bon ! Je te laisse une bonne tasse de café, tu sembles en avoir bien besoin. On t'attend sur la terrasse Cassie a déjà téléphoné elle semblait excitée par vos découvertes, nous avons hâte de savoir. Jared trépigne d'impatience.

Sawyer resta un long moment sous la douche revivant les évènements de la nuit, il ferma les yeux et laissa le jet brulant délasser ses muscles endoloris par ces heures d'immobilité. En arrivant sur la terrasse, il vit Cassie en train de descendre de son véhicule, ses yeux pétillaient de malice.

Meg servit du café à tout le monde, pendant que Cassie déposait des documents et des photos sur la table. Elle commença à raconter leur incroyable nuit et leurs découvertes. Jared et Meg fascinés écoutaient attentivement.

- Cet homme est sûrement le donneur d'ordre, précisa Jared en pointant de son index la photo de l'individu sortant du véhicule luxueux. Je me demande bien ce que peuvent renfermer ces fûts et ces paquets pour les enterrer en pleine nuit avec des gardes armés et pour cacher le logo de l'entreprise ? Que cache cette décharge illégale ? On doit aussi découvrir ce que signifie H-C ? C'est du bon boulot, vous formez une bonne équipe.

Cassie se mit à rougir et Sawyer vit encore le petit sourire en coin de sa tante qui plissait des yeux en les observant.

- En tout cas Sam nous a sauvés, affirma avec beaucoup d'émotion dans la voix Cassie.

Jared regard son chien les yeux embués de larmes.

- Je le savais ce chien est extraordinaire, bravo champion, dit-il en lui ébouriffant le poil. Tu as protégé notre famille. Tu as raison Sawyer, quand je regarde Sam on oublie qu'il n'a que trois pattes, son handicap ne change pas son caractère, il a su surmonter cela. Il me donne chaque jour une raison supplémentaire de me battre à mon tour. Je dois juste apprendre à m'adapter comme lui, cesser de me lamenter sur mon passé, et regarder devant, grâce à vous tous j'ai changé, merci.

Meg lui pressa le bras, émue à son tour. Sawyer se racla la gorge lui aussi était touché par les propos de Jared.

- Bon ! Maintenant nous devons savoir qui se cache derrière H-C et T.H.E.M et le lien avec la banque Hartwell, murmura Sawyer.

Cassie qui avait repris la photo de l'homme entre ses mains, fronça les sourcils.

- Il ne vous rappelle rien ? C'est étrange, j'ai l'impression de le connaître cet homme mystérieux.

Ils passèrent les deux jours suivants à essayer de comprendre ce qui se passait sur ce terrain ainsi que la signification des initiales H-C. Il existait tellement de sociétés portant ces initiales que cela semblait être une mission impossible. Ils étaient installés à l'ombre d'un arbre quand une immense limousine remonta le chemin.

- Ah ! Tyler est de retour, ce petit me manquait, murmura en souriant Meg.

Ils furent tous surpris en voyant Tyler claquer la portière du véhicule et s'engouffrer directement dans la maison sans même venir les saluer.

- Oh ! Oh ! J'ai l'impression que ce n'était pas le week-end de ses rêves, fit remarquer Cassie en plissant les yeux.

- Je vais le voir, affirma Sawyer en se levant brusquement, mais il se rassit en voyant Tyler ressortir et se diriger vers eux.

Tous les regards étaient braqués sur lui. Tyler l'air bougon se laissa lourdement tombé sur un fauteuil.

- Tu…veux en parler ? Demanda d'une voix douce Meg.

- Il n'y a rien à en dire, maugréa Tyler.

- Mais encore ? Oh ! Bon sang Tyler. De toute façon tu me connais, je ne te lâcherai pas tant que tu ne me diras pas ce qui te met dans cet état, insista Meg en lui faisant un clin d'œil.

- Pff ! C'était ce que tu m'avais dit Sawyer. Ce sont des gens superficiels. En fait, ils se fichent totalement de moi

- Eh ! Ne dis pas cela, tu dois te tromper, le corrigea Cassie en mettant sa main sur son bras.

- Non ! Le seul souci du sénateur était de prévenir ses électeurs afin d'en tirer le max de profit. J'étais attendu par une équipe de communication, tu te rends compte. Je… je pensais passer un week-end avec ma mère pour apprendre à mieux la connaître. Ils veulent juste soigner leur image, précisa-t-il en baissant la tête tristement. Ils voulaient même me relooker.

Cela confirmait l'opinion de Sawyer, mais il avait mal pour Tyler qui avait passé sa vie à se raccrocher à un rêve, celui de retrouver sa famille.

- Et ton demi-frère tu l'as vu ? Lui demanda-t-il d'un air enthousiaste espérant qu'au moins il ressortirait quelque chose de positif de cette rencontre.

Tyler grimaça, en se mordillant les lèvres.

- D'abord on n'a rien en commun, il me l'a assez répété. Il m'a fait comprendre que je n'étais qu'un bâtard qu'on tolérait.

- Un bâtard ! S'écrièrent en chœur Meg et Cassie.

- Tu as dû mal interpréter Tyler. Je suis persuadée que ces gens n'ont pas pu être aussi grossier, insista Meg effarée d'un tel comportement.

Tyler poussa un long soupir, son regard se porta sur la table, toutes les photos de leur escapade y étaient étalées.

- C'est quoi ça ? Demanda-t-il avec curiosité.

- Oh ! Ça, c'est notre mission secrète, répondit joyeusement Cassie. Ce sont toutes les photos que nous avons prises cette nuit-là.

Tyler tendit la main puis les étudia les unes après les autres, écoutant en même temps le récit de Cassie.

- Bon ! Maintenant, la phase deux de notre plan est de comprendre ce qu'elles signifient, et qui sont ces personnes ? Précisa Jared.

Tyler venait de se figer en tenant une photo, il fronça les sourcils et l'approcha plus près scrutant le moindre détail. Il devint blême et regarda ses amis avec intensité.

- Je sais qui c'est, il s'agit de Dean.

- Dean ? Tu veux dire le fils du sénateur ? Interrogea avec fébrilité Jared, tandis que les autres s'étaient redressés sur leurs chaises.

- Exact ! affirma Tyler d'un air méprisant. Le directeur en chef de la H-C, la Hartwell Company. Il n'a pas arrêté de me vanter ses hautes fonctions tout le week-end, me faisant sentir à quel point je n'étais rien, je ne risque pas d'oublier, conclut-il en fulminant.

- H-C serait la Hartwell Company ? Répéta sous le choc Sawyer, ce n'est pas possible. Je ne comprends plus rien. Que viennent-ils faire à Woodway ?

- Hum ! C'est assez logique quand on y pense. Après-tout c'est bien la banque Hartwell qui sert d'intermédiaire, mais et la T.H.E.M c'est quoi ?

Tyler secoua la tête n'en connaissant pas la signification.

- Attention, nous devons donc être très prudents, je n'aime pas beaucoup ça. Les politiciens ont le pouvoir, et le bras long, ils se croient au-dessus de tout le monde.

Sawyer se frotta le menton pensivement.

- J'ai bien envie demain d'aller faire un tour à la banque pour rencontrer notre cher monsieur Tolier, il doit en savoir bien plus qu'on ne le pense.

Les autres hochèrent la tête, approuvant cette idée.

- Bon ! Demain sera encore une journée fort intéressante, je viendrai avec toi, insista Cassie en se frottant les mains.

CHAPITRE XI

Le lendemain matin, le soleil venait à peine de se lever et Jared tendait ses bras heureux de vivre un moment aussi paisible, quand il entendit du bruit juste derrière lui, c'était le jeune Tyler l'air maussade qui l'observait avec un sourire en coin.

- Qu'est-ce que tu fais ? Demanda-t-il toujours aussi bougon.

- La salutation au soleil, répondit-il en souriant.

- La quoi ? Ah oui ! Je vois c'est le truc de Meg c'est ça ?

Jared s'interrompit et manœuvra son fauteuil pour lui faire face. Il sentait que Tyler était perturbé.

- Le truc de Meg comme tu dis, c'est du yoga. Tu devrais essayer cela détend, ça te ferait du bien, j'ai l'impression que tu en as besoin.

Tyler poussa un long soupir, donna un coup de pied dans la balle de Sam qui le regardait impassible, puis il s'installa sur la première marche du porche.

- Si tu allais droit au but, nous gagnerions du temps Tyler, murmura Jared en mettant sa main sur son épaule.

- Je… je me demande si je n'aurais pas mieux fait de tout laisser tomber. Dans le fond elle m'avait abandonné. J'aurais dû passer à autre chose, je ne fais qu'apporter des ennuis à Sawyer, il ne mérite pas ça.

- Eh ! Sawyer est un grand garçon, il sait se débrouiller ne t'inquiète pas pour lui. C'est humain de vouloir connaître ses origines, les raisons de son abandon, ce n'est bon pour personne d'avoir des questions sans réponses, on ne fait que ressasser. De toute manière cela n'aurait rien changé au problème avec la H-C tu sais.

- Oui, je sais, mais je sens au fond de moi que cela va tout bouleverser. Je me pose des questions, suis-je prêt à y faire face ?

Les épaules de Tyler se tassèrent comme sous le poids d'un fardeau trop lourd à porter.

Jared poussa un long soupir.

- On n'est jamais prêt, on s'adapte c'est tout. Je crois que nous affrontons tous des moments clés au cours de notre vie, tu sais ce que c'est ?

Tyler intrigué secoua la tête en fronçant les sourcils.

- Nous avons tous notre petite routine, notre vie bien réglée, même si parfois cela nous insupporte. On n'arrête pas de s'en plaindre c'est vrai, mais on y tient. Puis il arrive un évènement qui changera tout, une fraction de secondes suffit. C'est un accident, un coup de téléphone, une nouvelle, peu importe, mais cet évènement modifiera le cours de notre existence, plus rien ne sera pareil. Il y aura un avant, et un après.

Jared tapa sur les roues de son fauteuil.

- J'étais marié, j'avais un bon boulot que j'adorais, je me croyais bêtement heureux et il a suffi d'un moment clé pour tout faire exploser. Est-ce que j'étais prêt ? Bien sûr que non.

Jared secoua la tête, les souvenirs affluaient dans son esprit.

- J'ai pleuré, eh oui ! Mon grand, dit-il en voyant son air surpris, si tu m'avais vu, un vrai bébé, j'ai hurlé, j'ai lutté. Quand j'y repense que d'énergie perdue. C'était un yoyo permanent. Un matin j'étais un guerrier qui leur montrerait qu'ils s'étaient trompés sur le diagnostic, le lendemain je renonçais, j'avais envie de me mettre en boule et d'oublier ce cauchemar. Quand Sawyer est venu me voir… j'avais renoncé, j'ai honte de l'avouer. Je n'attendais plus rien de la vie, pas de famille pas d'amis. Je n'envisageais même pas mon avenir, je crois que… sans Sawyer j'aurais fait une bêtise.

Il poussa un long soupir et crispa un peu plus sa main qu'il avait posée sur l'épaule de Tyler qui le regardait bouche-bée.

- Sandy l'infirmière qui s'occupait de moi au centre, l'avait bien compris, je suis persuadé qu'elle a dû prévenir Meg.

- Quoi ? Tu voulais… te… suicider ? Reprit Tyler sous le choc.

- Oui, c'était stupide, idiot, mais quand tout va mal, cela semble être la solution. À qui aurais-je manqué ? Personne, et voilà que cette tête de mule de Sawyer a débarqué, piétinant mes résolutions comme un bulldozer. Tu sais comment il est ?

- Sawyer ne lâche rien, ça c'est bien vrai, précisa avec fierté Tyler.

- Oui et grâce à vous tous j'ai compris une chose. On a toujours le choix, soit on se lamente sur son sort, soit on avance. On doit s'adapter. Tyler, moi j'ai lutté comme un fou contre moi-même et je tournais en rond. Sam a une patte en moins, sa résilience est incroyable. Il ne s'est pas lamenté, il a fait avec, c'est une belle leçon de vie. Tu feras pareil, tu t'adapteras à la situation, à ce que nous découvrirons, et n'oublie jamais, c'est toi qui décideras au final de ce que tu veux dans ta vie, personne d'autre.

Tyler hocha la tête semblant assimiler les propos de Jared.

- Tu as raison on verra. De toute façon, on ne peut rien changer le destin est en route.

- Exactement mon grand, maintenant va travailler et laisse-moi saluer le soleil comme il se doit.

Tyler éclata de rire et se dirigea vers son véhicule d'un pas plus léger.

- Flic et philosophe qui l'eût cru ! Se moqua gentiment Sawyer qui venait d'apparaître sur le porche.

Jared surpris sursauta, puis s'humecta les lèvres, gêné d'avoir été pris en flagrant délit de ce qu'il considérait comme de la faiblesse. Il n'aimait pas se dévoiler, montrer sa fragilité. Toutefois il prit conscience que là encore, il avait évolué. Avant il gardait tout en lui à s'en faire mal, maintenant il n'hésitait plus à parler, à se confier, comprenant que le fait de s'ouvrir aux autres soulageait. Il eut un petit sourire en coin et reprit.

- Je savais que tu étais là, c'était juste pour le petit, pour l'encourager.

- Ah ! Je me suis trompé, flic philosophe et … menteur, ironisa-t-il en lui faisant un clin d'œil.

- Je croyais que tu étais pressé ce matin, tu ne devais pas aller chercher Cassie ? Bougonna Jared pour la forme.

- J'y vais de ce pas, dit-il en riant.

Puis Sawyer se retourna brusquement.

- J'y crois tu sais à ces moments clés, mais je pense aussi que dans la vie quand tout va mal il y a toujours quelqu'un qui va nous tendre la main. Certains refuseront cette aide, d'autres sauront saisir leur chance, c'est ce que tu as fait Jared. Buddy était là pour moi et Meg aussi. Nous avons tous besoin des uns des autres, tu vois, même Sam l'a compris.

Il siffla son chien et s'en alla vers son véhicule. Cassie l'attendait avec un grand sourire devant sa maison. Elle le salua fit un gros câlin à Sam qui posa sa patte sur son bras comme pour la remercier.

- Quand je pense que vous vouliez l'euthanasier, murmura Sawyer en soupirant.

- N'importe quoi Sawyer, s'insurgea Cassie, je n'euthanasie jamais aucun chien, si ce n'est pour abréger leurs souffrances quand il n'y a plus d'espoir.

Sawyer pesta en tapant sur son volant.

- Je le savais ! J'ai cru que cette idée vous avait quand même effleuré l'esprit et qu'elle s'en était servie pour m'obliger à le prendre. Cette femme est une sorcière manipulatrice qui…

- Qui t'aime énormément. Elle savait que tu avais besoin de lui dans ta vie, et regarde tout ce qu'il t'a apporté. Jared est aussi entré dans ta vie et il est formidable, et puis il nous a rapprochés, dit-elle en lui jetant un regard furtif.

Sawyer pencha la tête méditant ses paroles.

- C'est vrai, un coup du destin, nul ne peut y échapper, ce n'est pas ce qu'on dit toujours ?

- Surtout quand cela nous comble. Pourquoi vouloir alors modifier le destin.

Sawyer la regarda intensément, son regard chocolat la fit rougir.

- C'est drôle cela doit être dans l'air, je ne croise que des philosophes ce matin.

Cassie pouffa de rire.

- Allez en route cow-boy, qu'on aille terrasser le dragon, ou du moins cet horrible monsieur Tolier. J'ai hâte de savoir ce que nous apprendrons.

- Oui moi aussi, et ne perdons pas de temps, mon équipe réceptionne deux maisons ce matin. J'ai déjà des acheteurs potentiels avant même de les avoir restaurées. Il faut que j'évalue les travaux.

Lorsqu'ils arrivèrent devant la banque, Sawyer ne put s'empêcher de siffler entre ses dents.

- Plutôt impressionnant ce bâtiment.

- La banque Hartwell est l'une des plus anciennes, je crois d'ailleurs que cet édifice est classé. Viens entrons !

Sawyer se tourna vers Sam.

- Toi tu restes ici à l'ombre, tu seras bien avec la fenêtre ouverte.

Il s'empressa de la rejoindre, l'intérieur était tout aussi majestueux.

Cassie s'arrêta devant le portrait des ancêtres, et poussa un petit cri de surprise en pointant son index vers l'un d'eux.

- Sawyer regarde c'est fou ! Je…

L'arrivée impromptue de monsieur Tolier l'empêcha de continuer.

- Ah ! Monsieur Sawyer Colton que me vaut l'honneur de votre visite ? J'espère que vous avez réfléchi à notre proposition, je…

L'homme s'interrompit en apercevant la silhouette de Cassie se tenant près des tableaux.

- Ne me dites pas que vous êtes avec cette… activiste, cette…

- Eh ! Je vous prie de mesurer vos paroles monsieur Tolier, n'oubliez pas que mademoiselle Cassie Temple est une amie, une très bonne amie. En plus vous attirez l'attention sur nous dans ce lieu aussi prestigieux.

L'homme confus regarda rapidement autour de lui, et leur fit signe de le suivre. Il les fit entrer dans un immense bureau situé au premier étage. De grandes fenêtres montraient une vue imprenable sur Woodway. Monsieur Tolier semblait nerveux, il les invita à s'asseoir, mais Sawyer préféra rester debout, et puis surtout il ne comptait pas s'attarder indéfiniment dans ce bureau. Il n'aimait pas cet homme au teint blafard et au regard fuyant.

- Vous venez pour notre proposition je suppose ?

- On peut dire ça, précisa Sawyer d'une voix lente. En fait, j'aimerais savoir quel est le rapport entre la banque Hartwell, la T.H.E.M et la H-C ? Pourquoi cette envie subite d'investir dans notre commune ?

L'homme ouvrit la bouche de surprise, de la sueur perla sur son front, et son teint devint encore plus blême. Cassie et Sawyer ne le quittaient pas du regard, étudiant chacune de ses expressions.

Monsieur Tolier fit mine de rassembler des documents sur son bureau.

- Pour une fois que la banque agit pour le bien de la communauté sans arrière-pensée, il faut que vous pensiez au pire. Nous ne sommes qu'un intermédiaire c'est tout. Nous connaissons bien cette ville, les investissements en cours, les projets des citoyens, c'est naturel d'avoir fait appel à nous.

- Autant de générosité de la part d'une banque qui a mis bon nombre de nos chers concitoyens en faillite, c'est surprenant, répliqua d'une voix moqueuse Cassie, dont le regard bleu étincelait de colère.

L'homme la fixa intensément en crispant les mâchoires.

- Si c'était juste pour nous insulter vous auriez pu vous éviter le déplacement. Si vous n'êtes pas intéressé par notre proposition d'autres le seront monsieur Colton. Maintenant, excusez-moi j'ai une réunion importante pour le bien de notre ville, ne me faites pas perdre plus longtemps mon temps, conclut-il en tendant le bras vers la porte.

Il les raccompagna d'un air furieux et les salua brièvement.

- Eh bien ! Pas très aimable le banquier, soupira Cassie.

- Une matinée de perdue, on n'a rien appris, fulmina Sawyer en se passant les mains dans ses cheveux.

- Hum ! Je ne crois pas, dit-elle en lui tendant son téléphone portable. Pendant que tu saluais monsieur Tolier à notre arrivée, j'ai pris cette photo. Regarde l'entrelacement des initiales J- H cela ne te rappelle rien ?

- Bon sang ! On dirait les…

- Mêmes que sur la chevalière de Tyler, affirma Cassie avec un grand sourire. Je me disais bien que j'avais déjà vu cet entrelacement quelque part.

- Mais qu'est-ce que cela signifie ? Qui est l'homme du portrait ?

- Le vieux Josh Hartwell, J-H.

- Quoi ! Tu veux dire qu'il y aurait un lien entre Tyler et ce… ce vieillard. Oh non ! Cassie tu ne crois tout de même pas qu'il serait son père ?

Cassie grimaça rien qu'en y pensant.

- Non, je ne crois pas. Tu imagines il avait quoi ? Plus de quatre-vingt ans à la naissance de Tyler, beurk ! C'est impossible, sa mère n'en avait que quinze quand elle est tombée enceinte. Non tu as raison c'est stupide, mais c'est troublant quand même.

- Peut-être qu'ils se sont juste inspirés de ce dessin pour le reproduire sur la chevalière, c'est une éventualité.

Cassie le regarda un long moment en silence.

- Tu as raison c'est plus logique. Bon ! Rentrons, moi aussi j'ai une lourde journée aujourd'hui, qui m'attend.

- Passons d'abord faire notre rapport à nos deux acolytes, mais si Tyler est là nous ne dirons rien sur les initiales d'accord Cassie ?

Celle-ci hocha la tête toujours troublée par cette découverte. Jared et Meg furent eux aussi intrigués par cet entrelacement identique à la chevalière, et l'attitude étrange de monsieur Tolier ne fit qu'attiser leur curiosité.

- Hum ! J'aimerais bien voir le résultat des investissements de la H-C, murmura Jared. Demain que diriez-vous d'aller faire une promenade, pour constater de visu les résultats de ces placements pour le bien de la communauté ?

- Très bonne idée, affirma avec un grand sourire Cassie, c'est vrai que j'aimerais me rendre compte par moi-même. En premier je voudrais savoir pourquoi ils enterrent des fûts ? Que veulent-ils cacher ?

- Nous devons creuser un peu plus, du côté de la H-C, précisa Meg.

- Je m'en occupe, affirma Cassie, aujourd'hui je reste au bureau et j'ai l'habitude des investigations, dans le fond mon travail consistait justement à dénicher, les vilains secrets des entreprises. Avec internet, il y a toujours des traces, des indices oubliés. J'en fais mon affaire.

Ils se séparèrent donc, heureux de donner un nouvel élan à leur enquête, mais toute la journée Sawyer fut perturbé par l'entrelacement des initiales. Qu'est-ce que cela pouvait bien signifier ?

Le soir venu, il s'effondra sur son lit, la journée avait été rude et chargée. Ce fut les grognements sourds de Sam qui le réveillèrent, celui-ci dormait au pied de son lit. Il mit sa truffe dans le cou de Sawyer qui pesta en cachant sa tête sous l'oreiller, Sam insista et gratta son bras, l'obligeant à se réveiller. Mécontent, il se redressa dans son lit, prêt à le gronder, mais une lueur rougeoyante au loin le fit bondir. En moins de deux, il enfila un jean et se rua dehors. Cela venait du champ où il entreposait les maisons en cours de rénovation. Il hurla, réveillant Meg et Jared, Tyler à moitié endormi le rejoignit sur la terrasse.

- Meg appelle les pompiers, dit-il en courant vers son véhicule, je vais essayer de le circonscrire. Tyler viens avec-moi !

Jared qui venait d'arriver pesta contre son impuissance à leur être utile.

- Non ! Tu peux nous aider, garde Sam je ne veux pas qu'il soit blessé.

Ils passèrent une bonne partie de la nuit à éteindre l'incendie. Une des maisons acquise la veille avait entièrement brûlée, mais heureusement les autres étaient intactes. Dans l'aube naissante, ils se retrouvèrent au milieu des débris, entourés de cendres fumantes, une odeur âcre régnait dans l'air. Sawyer et Tyler étaient noirs, ils empestaient, étaient épuisés, mais ce qu'ils ressentaient c'était une profonde colère. Le shérif s'approcha doucement du groupe.

- D'après les pompiers cela serait d'origine criminelle. Vous avez une petite idée de l'identité du pyromane ? Demanda-t-il en les fixant intensément.

Sawyer furieux donna un coup de pied dans un caillou.

- Tout est ma faute, geignit Tyler, qui ne quittait pas des yeux le désastre.

- Comment ça mon garçon ? Interrogea le shérif en plissant les yeux.

- Si… si je n'avais pas recherché mes pa…

- Tyler ça suffit cela n'est pas ta faute. Non shérif il n'y est pour rien, affirma avec conviction Meg.

Celui-ci suspicieux les observa un long moment, puis il fit signe à Sawyer de le suivre discrètement, s'écartant ainsi légèrement du groupe.

- Que se passe-t-il avec Tyler ? Je dois vous dire que mon amie au service de l'enfance m'a prévenu, elle a été contactée par une personne influente, lui demandant de revoir ses choix pour la garde de Tyler.

Sawyer stupéfait resta ébahi, mais Jared qui venait de les rejoindre prit la parole.

- Nous avons retrouvé la trace de sa mère. C'est effectivement une personne très puissante, du moins son mari, politiquement parlant bien sûr, et nous enquêtons actuellement sur eux. Je pense que nos découvertes dérangent. Toutefois, nous n'avons aucune preuve de leur implication dans cet incendie.

Le shérif resta pensif un long moment à leurs côtés, puis il frotta son chapeau contre sa cuisse.

- Bon ! Alors soyez très prudents, de mon côté je vais mener une enquête discrète. Vous avez un nom à me soumettre, juste pour indication.

- Hartwell ! Articula avec rage Sawyer.

L'homme ouvrit de grands yeux.

- Comme la banque ? Vous ne voulez pas parler du sénateur au moins ?

Devant leur hochement de tête, il siffla entre ses lèvres.

- Alors vous ! On peut dire que vous ne faites pas dans la dentelle. Il y a des ennemis qu'il vaut mieux éviter de se faire. J'ai toujours pensé que c'était un sacré énergumène, je ne l'ai jamais aimé ce type, trop lisse pour être honnête. Bon ! Nous irons sur la pointe des pieds, et surtout ne faites rien de stupide, il est bien trop puissant, il serait capable de vous broyer, tous autant que vous êtes.

Tyler qui s'était tenu muet à leurs côtés, s'approcha doucement, regardant le shérif s'éloigner.

- Je veux aider et ne me dites pas d'aller à l'école, tout ça c'est ma faute. C'est un avertissement, mais pourquoi ? Je ne comprends pas ?

Sawyer lui raconta leur visite à la banque, leurs découvertes.

- Je vais aider Cassie à faire des recherches sur eux, affirma avec détermination Tyler.

- Laisse c'est son métier, murmura Jared pour le calmer, Cassie à l'habitude.

- Oui mais moi je maîtrise parfaitement les ordinateurs. Je suis persuadé de pouvoir la seconder comme il faut. À nous deux cela ira plus vite, affirma-t-il avec enthousiasme.

Sawyer regarda Meg qui hocha la tête. Dans le fond Tyler avait besoin d'agir à leurs côtés, et il avait raison, comme beaucoup de jeunes il était très doué en informatique c'était sa passion. Il avait d'ailleurs poussé Sawyer à investir dans du matériel à la pointe de la technologie.

- C'est bon ! Tu contactes Cassie, tu lui expliques ce qui s'est passé ici, elle te dira quoi faire. Dis-lui que nous arrivons dans une heure avec Meg et Jared. Nous irons voir sur place les fameux investissements de la T.H.E.M ou plutôt de la H-C, puisqu'il est évident que la première sert d'intermédiaire, à la seconde. Qu'elle prenne son matériel pour photographier, précisa Sawyer en se dirigeant vers son véhicule, puis il se retourna vers ses amis.

- On se retrouve dans quarante-cinq minutes, j'ai hâte d'en savoir plus sur le très puissant sénateur Hartwell.

Ils commencèrent leur enquête, en rendant visite au jeune Logan, un fermier qui venait de s'installer à la sortie de Woodway. Cela faisait un an que la T.H.E.M lui prêtait des terres pour s'agrandir, soi-disant pour relancer l'agriculture dans la région.

- C'est un sacré cadeau de la part de la T.H.E.M, murmura Cassie enjôleuse. Vous êtes entièrement libre avec ces terres ou bien êtes-vous tenu par des obligations ?

L'homme suspicieux fronça les sourcils en les observant avec attention. Jared s'approcha avec son fauteuil et prit la parole.

- C'est pour un de nos amis qui voudrait s'installer à son compte, on se demandait si cela valait le coup.

- Oh ! Oui il n'y a aucune ingérence de leur part dans mon activité. La seule obligation est de ne rien construire sur ces terres, ni effectuer aucun forage. Trois autres fermiers ont bénéficié comme moi de leur générosité.

- Trois autres ? Tiens donc, répliqua Meg avec un sourire en coin.

Logan était très enthousiaste, il leur détailla tous ses projets, ses rêves, ils écoutèrent avec attention, n'osant l'interrompre. Il les raccompagna à leur véhicule, heureux d'avoir vanté les bienfaits de la T.H.E.M.

- C'est quoi notre prochaine visite ? Interrogea Sawyer en manœuvrant son véhicule.

- Il nous reste un terrain de golf à la sortie sud de la ville, répondit Cassie en regardant ses notes. J'espère que Tyler découvrira des choses intéressantes. Je n'ai pas eu le temps hier et je le regrette en voyant les conséquences de cette nuit, dit-elle en lui lançant un regard triste.

- Eh ! Ce n'est pas ta faute, comment imaginer qu'ils en arriveraient là ? Répliqua Sawyer pour la rassurer.

- Je vous l'ai dit, le politicien est la plupart du temps une espèce fourbe, glissante et extrêmement dangereuse, ne jamais la sous-estimer, affirma Jared.

Ils pouffèrent de rire, mais ils avaient conscience qu'ils devaient se montrer très prudents.

- Tiens ! Nous y voilà, s'exclama Meg en pointant du doigt les grands espaces verts.

Le terrain de golf venait juste d'être tondu, un jardinier s'activait sur la pelouse d'un vert intense. Cassie ne put s'empêcher de se baisser pour la caresser.

- Si vous venez pour vous inscrire au club, il faudra repasser, la secrétaire est absente aujourd'hui, précisa le jardinier en les saluant.

- Quel endroit magnifique, murmura Meg en regardant autour d'elle. Vous faites un travail super agréable. On ne s'attend pas à trouver un tel lieu à Woodway.

L'homme bougonna.

- Ouais ! Eh bien ! Ce n'est pas aussi simple, cette terre ne vaut rien si vous voulez mon avis.

- Comment-ça ? Répliqua Jared en plissant les yeux.

- L'herbe ne pousse pas comme il faut. Je n'arrête pas de ressemer, c'est sans fin, cela jaunit immédiatement. Je leur ai dit de changer la terre par endroit. Mais ils ne veulent rien entendre. Arrosez plus, qu'ils me disent.

Cassie regarda autour d'elle en fronçant les sourcils, elle salua l'homme et attira ses amis vers leur voiture.

- J'aimerais vérifier quelque chose, Sawyer nous repartons et tu t'arrêteras là-haut, dit-elle en pointant du doigt un endroit qui offrait un joli point de vue sur le paysage.

Une fois sur place, elle jaillit de la voiture et commença à prendre des photos. Ses amis la rejoignirent intrigués par son comportement.

- Regardez ! D'ici nous avons une vue imprenable sur le golf en contrebas. Vous ne remarquez rien ?

Meg, Jared et Sawyer s'approchèrent un peu plus, scrutant avec attention le paysage.

- Bon sang ! S'écria Meg c'est quoi ces cercles jaunes. On ne voyait rien sur le terrain pourtant.

- Peut-être des fûts percés qu'ils auront enfouis dans le sol, suggéra Cassie avec un sourire en coin. Je crois qu'on les tient ! J'ai compris. Ils achètent des terres autour de Woodway pour y enfouir quelque chose d'illégal, sûrement des produits toxiques, ensuite ils font en sorte que l'activité reste en surface, pas de construction, de forage ou quoi que ce soit qui pourrait mettre à jour leurs petites combines.

- Incroyable ! Mais pourquoi ? Dans quel but ? Et ici en plus ? S'indigna Meg.

- Non c'est logique s'écria Cassie heureuse d'avoir tout compris. C'est le fief des Hartwell, la banque connait la vie de tous les habitants, les projets, les faillites en cours. Il leur était simple d'acquérir les terres à bas prix. Comme pour le vieux Connors.

Cassie tapa dans ses mains, joyeusement.

- J'ai compris ! Quand la banque l'a obligé à vendre ses terres, monsieur Tolier est venu me trouver pour me demander mes projets.

- Oui mais il aurait pu te laisser continuer ton activité, suggéra Meg, tu avais juste des box posés en surface.

- Oh ! Que si elle dérangeait. Ils devaient accéder au terrain nu, afin d'y enfouir leurs fûts. Il fallait donc la faire dégager, affirma avec conviction Jared.

- Exact ! Précisa Cassie en pointant son index vers eux. Le plus drôle c'est qu'il m'aurait peut-être proposé de revenir ensuite, mais il m'a demandé ce que je comptais faire de ce terrain en plus du refuge, et je lui ai répondu que je voulais construire ma maison dessus. Deux jours après monsieur Tolier me signifiait mon expulsion définitive.

- Quelle ordure ! Je savais bien que je n'aimais pas cet homme, même Sam grognait à chaque fois sur lui, précisa furieux Sawyer.

Lorsqu'ils retournèrent au ranch ce fut un Tyler excité qui les attendait, Sam à ses côtés bondissait joyeusement heureux de les voir de retour.

- J'ai trouvé ! S'écria-t-il en brandissant une liasse de documents.

CHAPITRE XII

Tyler se précipita sur la table de jardin, étalant tous les documents sous les yeux ébahis de ses amis.

- Internet est un allié précieux, impossible de tout cacher, de tout contrôler. J'ai compris leur petit manège, s'écria-t-il tout joyeux.

- Bon ! Mais alors c'est quoi ? Répliqua excédé Jared qui avait hâte d'en apprendre plus.

- Attendez ! Installez-vous que je vous raconte, mes découvertes.

Il caressa Sam qui se tenait assis à ses côtés et attendit que chacun prenne place autour de la table.

- D'abord mon cher… demi-frère Dean, a repris la direction de toutes les sociétés du sénateur à savoir la Hartwell Company, la fameuse H-C pour permettre à son cher père de mener sa très brillante carrière politique.

- Oui mais ça on le savait déjà, reprit Cassie en fronçant les sourcils.

- Attends ! Il faut savoir que leurs sociétés sont classées comme polluantes, on y trouve de l'industrie de haute technologie, des laboratoires pharmaceutiques, vous voyez le genre. Donc beaucoup de déchets plastiques, chimiques et numériques.

- Tu veux dire que les fûts et les paquets seraient leurs déchets ? Interrogea Meg surprise.

- Le scandale des pays poubelles cela ne vous dit rien ? Demanda les yeux pétillants Tyler.

Ils se regardèrent en secouant la tête, seule Cassie, leva son index en souriant.

- Bien sûr ! En deux mille dix-huit, il y a eu un scandale mondial, mais il est passé presque inaperçu. Les pays émergents qui servaient de poubelles au monde entier ont commencé à se rebeller. Ils ont renvoyé des containers entiers vers leur pays d'origine. N'oublions pas que les questions environnementales prennent de plus en plus d'importance. Je crois que cela a commencé avec la Chine.

- Exact ! Affirma Tyler tout fier, puis la Malaisie et tous les autres pays ont suivi le mouvement. La H-C s'est donc retrouvée avec un problème énorme sur les bras, que faire de leurs déchets ?

- Mais attends ! Comment être sûr qu'ils étaient concernés par ce problème ? Demanda Sawyer stupéfait par ces révélations.

- Une fois que j'avais élucidé la problématique, il m'était facile de retracer les déplacements. J'ai retrouvé l'envoi de plusieurs containers qui leur furent retournés et là, plus rien !

- Comment ça plus rien ? Rétorqua Meg.

- Ils ont essayé d'autres pays, mais la réponse fut la même, retour à l'expéditeur. Ils ont dû récupérer leurs déchets, mais depuis leur retour au pays, il n'y a plus aucune trace. Ils ont totalement disparu.

- On ne peut pas faire disparaître des tonnes de déchets comme ça, répliqua Cassie. Les associations environnementales surveillent de près les grands industriels.

- C'est vrai ! Mais une grande partie de ces déchets s'est volatilisée, faisant ainsi diminuer grandement le coût du recyclage.

- Quel toupet ! Tu crois qu'ils auraient décidé de les enterrer autour de Woodway ? Murmura Meg scandalisée.

- C'est logique, monsieur Tolier l'a dit lui-même, il connait tout le monde ici. En plus nous l'avons constaté, ils sont très pointilleux. Pas question de creuser, toutes les activités doivent rester en surface, très pratique quand on veut cacher quelque chose dans le sol, confirma Cassie en hochant la tête.

- Et la T.H.E.M tu sais ce que c'est ? Interrogea avec curiosité Jared.

- Hum ! Sûrement une société écran, répliqua Cassie, c'est fréquent, le grand groupe se cache derrière une entreprise fictive lui servant d'intermédiaire. La preuve elle se trouve entre la banque Hartwell et la H-C.

- Cassie a raison, je ne suis pas arrivé à découvrir qui la dirige, c'est très opaque, il me faudrait plus de temps, précisa Tyler. Alors qu'en dites-vous ?

- Tu as fait du bon boulot petit, répondit Sawyer en lui tapotant l'épaule. Cela ne fait que confirmer ce que nous supposions déjà. Il était évident que la H-C était derrière tout ça, mais maintenant on sait pourquoi. Merci Tyler tu as été très efficace.

Sam se mit à aboyer comme pour confirmer les dires, et tout le monde pouffa de rire.

- Bon ! Mais que fait-on maintenant, nous allons voir le shérif avec nos photos et les découvertes de Tyler ? Demanda Meg inquiète.

- Hum ! Attendons encore un peu. Il nous faut un dossier solide, précisa Cassie. On l'a vu, ils sont très puissants, le shérif lui-même nous l'a dit. Surtout ne laissez rien filtrer, ils ne doivent pas se douter que nous en savons autant, cela nous mettrait tous en danger, précisa-t-elle en regardant chacun de ses amis.

- Oh ! Je suis vraiment désolé, geignit Tyler tout ça c'est ma faute.

- Eh ! Pas du tout, les ennuis avec monsieur Tolier ont commencé il y a plus d'un an, cela n'a rien à voir avec ta mère, murmura Cassie.

- En plus nous ne savons pas si elle est impliquée dans ce scandale, reprit Meg. Si ça se trouve elle est innocente et n'est absolument pas au courant des activités de son mari, c'est souvent le cas dans ces milieux-là.

Tyler hocha la tête doucement réfléchissant à leurs propos. Il regroupa les documents qu'il tendit à Cassie, siffla Sam et s'éloigna vers la prairie.

- Pauvre gosse reprit Sawyer en l'observant. Il a recherché toute sa vie sa famille et le voilà devant un imbroglio impensable. Franchement il méritait mieux. Aïe ! S'écria-t-il en se frottant le bras que Meg venait de taper.

- Ne recommence pas Sawyer à tirer des conclusions hâtives, si cela se trouve cette femme n'est au courant de rien. Tu ne dois pas ôter ses illusions au petit. Comme l'a dit Cassie, nous devons continuer nos recherches.

Sawyer poussa un long soupir.

- Allez viens ! Suggéra Jared, nous devons reprendre le travail, il faut retrouver une nouvelle maison pour assurer ta commande auprès de ton client. Vous aussi mesdames votre journée vous attend. Nous en avons suffisamment appris, prenons un peu de recul.

Tout le monde s'activa, c'est vrai que cette enquête empiétait de plus en plus sur leur quotidien. Le soir venu Sawyer s'effondra sur son lit. Il avait réussi a retrouvé une maison et pourrait donc respecter ses délais. Même s'il enrageait de ne pouvoir tenir le coupable entre ses mains pour lui donner une bonne leçon. Sam posa sa truffe sur son ventre comme pour l'apaiser, et machinalement il le caressa en lui parlant doucement.

Ce fut le bruit d'une sonnerie qui le sortit de son sommeil, au même instant, Sam posa sa patte sur sa figure ce qui le mit de fort méchante humeur, il se redressa furieux.

- Non mais ça ne va pas ! Qu'est-ce qui te prend ? Grommela-t-il en le regardant.

Sam tourna la tête vers son téléphone qui sonnait de nouveau, attirant ainsi son attention. Il s'en saisit machinalement. C'était une Cassie en pleure qui hurlait, l'appelant à l'aide. Il raccrocha immédiatement le cœur battant, cherchant son jean. Décidément leurs nuits étaient bien agitées depuis quelques jours. Au moment de sortir, il se retourna vers Sam.

- Merci mon pote ! Tu es génial, je ne te mérite pas. Allez viens ! On va réveiller tout le monde.

Il ne leur fallut pas plus de quinze minutes pour se préparer. Sam avait déjà sauté dans la voiture, affirmant ainsi sa volonté de les accompagner.

- Elle ne t'a pas dit ce qui se passait ? Insista Meg qui essaya une fois de plus de la joindre.

- Non ! Je te l'ai dit, elle était en pleine panique, elle hurlait et pleurait à la fois, je n'ai rien compris, si ce n'est qu'il fallait venir l'aider, répondit-il en aidant Jared à s'installer dans le véhicule.

- N'oublie pas de prendre mon fauteuil, affirma celui-ci en le regardant intensément.

Sawyer hocha la tête, l'inquiétude le gagnait. Il se précipita derrière son volant, et prit la route rapidement.

- Ouf ! Je ne vois aucune flamme c'est déjà rassurant, précisa Meg d'une voix anxieuse, en plissant les yeux afin de percer l'obscurité.

Ils découvrirent en arrivant une scène de chaos, des animaux affolés couraient dans tous les sens, Cassie essayant de les attraper. En voyant ses amis, elle se précipita vers eux en pleurant.

- Ils ont osé s'en prendre à eux, hoqueta-t-elle entre deux sanglots.

Sa détresse étreignit le cœur de Sawyer, ses yeux bleus reflétaient un tel chagrin, il regarda autour de lui, les portes des box étaient toutes ouvertes.

Il la prit dans ses bras pour la réconforter posant son menton sur sa tête. Une profonde colère s'empara de tout son être, il n'arrivait même pas à parler.

- Que s'est-il passé Cassie ? Demanda Meg en tenant par le collier un berger allemand.

- J'ai… j'ai entendu un bruit énorme, un véhicule faisait un véritable rodéo, slalomant entre les box. Les chiens affolés essayaient de les éviter. J'en ai rattrapé quelques-uns, mais il en reste encore beaucoup en liberté.

- On va t'aider, affirma avec conviction Sawyer, il l'écarta légèrement de lui et tenta de lui sourire. Il fit signe à ses amis et chacun se mit au travail.

Il leur fallu près de deux heures pour remettre chaque chien dans son box. Cassie munie d'une liste commença son inventaire avec l'aide de Meg.

Sawyer prenait un café avec Tyler et Jared dans le bureau, quand les deux femmes se précipitèrent vers eux d'un air désespéré.

- Il manque Slurp !

- Slurp ! C'est quoi ça ? Interrogea perplexe Sawyer.

- Un adorable petit jack Russel. Il faut le retrouver. C'est un chien avec un passé si lourd, il nous a fallu un temps fou pour lui redonner confiance en l'humain, murmura désespérée Cassie.

- Ne t'inquiète pas, affirma Sawyer. Vous restez ici ! Prenez un bon café pour vous détendre, cela fait du bien et vous en avez besoin. Nous trois et Sam allons chercher ce… Slurp.

- Tu crois qu'il est encore dans le coin ? Demanda Tyler en brandissant sa lampe dans les fourrés.

- Hum ! Il a dû se cacher, répondit Jared en le suivant.

- Une fois ce problème réglé, nous en aurons un autre, affirma Sawyer avec un sourire en coin.

- Lequel ? Répliquèrent en chœur ses deux amis.

- Les noms ! Franchement qu'est-ce qui leur a pris d'appeler un chien avec un nom pareil. Mais où vont-elles chercher de telles idées. Qui va adopter un animal s'appelant Slurp !

Ses amis pouffèrent de rire. Ce fut Sam qui les interrompit en aboyant furieusement. Il se coucha devant un petit fossé.

Le pauvre Slurp gémissait faiblement. Sawyer le prit avec délicatesse et le montra à ses amis.

- Hum ! On dirait qu'il a une patte cassée, il a dû être percuté par la voiture. Meg nous en dira plus. Retournons au bureau.

Les deux femmes se ruèrent sur eux en pleurant, sa tante confirma le diagnostic et Cassie appela en pleine nuit le vétérinaire. Celui-ci tellement outré, arriva en quelques minutes. Ils décidèrent de rester le temps des soins.

Le shérif qui venait de se garer constata le désastre. Le jour s'étant levé, ils découvrirent des enclos cassés des structures renversées, des portes défoncées. Heureusement à part ce pauvre Slurp aucun animal n'avait été blessé.

- Votre enquête avance ? Demanda discrètement le shérif.

Jared le mit au courant de leurs dernières découvertes, mais insista pour garder encore un peu le secret.

- Vous avez raison, affirma l'officier de police, en se grattant le menton. Il vaut mieux avoir un dossier solide. Ce qui me fait peur c'est qu'ils vous visent directement. Je vais devoir intervenir rapidement, je vous laisse encore quarante-huit heures, c'est tout ce que je peux vous accorder. De mon côté j'en suis arrivé à peu près aux mêmes conclusions, mais on m'a fait comprendre de laisser tomber. J'ai peur que l'affaire soit étouffée, les pressions sont énormes.

Ils s'insurgèrent devant tant d'injustice, Tyler tapa dans un caillou furieux. Meg venait d'apparaître avec derrière elle Cassie tenant Slurp dans ses bras.

- Le pauvre petit Slurp a une patte cassée, dit-elle en souriant tristement. Cela aurait pu être pire, alors je suis soulagée. Tiens le Sawyer pendant que je raccompagne le vétérinaire jusqu'à sa voiture.

Celui-ci se tourna vers le shérif.

- J'espère que vous retrouverez ces ordures, sûrement des gamins voulant s'amuser.

Ils hochèrent tous la tête, le brave homme ne se doutait pas de l'identité de leurs ennemis. Ils préféraient rester discrets. Cette affaire était déjà bien trop compliquée.

- Sawyer ! Insista Cassie en lui tendant le chien.

- Oh ! Euh ! Oui. Au fait Cassie c'est quoi ces noms bizarres que vous leur donnez ? Pourquoi ce nom de… Il ne put continuer Slurp venait de lui lécher copieusement le visage faisant rire tous ses amis.

- Voilà pourquoi ! Slurp a la sale manie de lécher les visages de tous ceux qu'il aime bien. Dès qu'on le prend dans les bras, on y a droit. Tu comprends mieux maintenant ?

- Ouais, dit-il en s'essuyant le visage. J'aurais préféré le savoir avant.

- Cela aurait été moins drôle Sawyer, répliqua sa tante en lui faisant un clin d'œil.

Le shérif et le vétérinaire s'en allèrent, les laissant seuls et désespérés. Cassie se laissa tomber lourdement sur sa chaise. Tyler s'approcha doucement se mettant à sa hauteur.

- Cassie ils paieront pour ça je te le promets.

Elle essuya furtivement une larme.

- Oui tu as raison, il y a une justice et puis grâce à vous tous, nous avons pu récupérer tous les animaux même mon petit Slurp.

- Dans la matinée j'enverrai mon équipe pour réparer les dégâts, ne t'inquiète pas Cassie. Tu veux que je le remette dans son box ? Demanda Sawyer en regardant sa patte immobilisée.

- Pas question, affirma Jared en le lui prenant. Il le cala dans le creux de ses bras et lui caressa le ventre. Je vais le garder avec moi, il va avoir besoin d'attention. Hein mon grand ! Dit-il en se penchant vers lui, et Slurp en profita pour lui faire sa léchouille habituelle.

Sawyer s'esclaffa de nouveau.

- Oui il va bien avec toi, têtu et pénible à souhait. Vous êtes bien assortis, se moqua-t-il gentiment. Heureusement que tu ne nous baves pas dessus comme lui.

Jared le regarda en souriant. Ce petit chien le touchait au cœur, peut-être son regard si triste, si désespéré qui lui rappelait les moments difficiles qu'il avait vécus. Il voulait lui offrir une seconde chance. Slurp était une évidence, il était pour lui. Bien sûr, il avait toujours Sam, mais il était prêt pour avoir un nouveau petit compagnon dans sa vie. Dorénavant, il arrivait à se projeter avec plaisir dans le futur.

- Que va-t-on faire maintenant ? Demanda Cassie en se mordillant les lèvres.

- On continue, pardi ! Répliqua Meg avec une détermination farouche et j'ai une idée, nous savons qui est derrière tout ça, mais par contre, nous n'avons aucune indication sur la T.H.E.M. Il faut trouver le lien entre la banque Hartwell et la H-C.

- Je n'ai rien trouvé précisa dépité Tyler. Le montage de cette société est très opaque.

- Si internet ne peut pas nous aider, je sais qui le pourra, murmura Cassie les yeux pétillants.

- Qui ? Reprit étonné Sawyer.

- Edna !

- Quoi ! Celle des lucioles géantes ? Demanda avec surprise Tyler.

- Elle n'est pas si folle, rectifia Sawyer et Cassie a raison, elle connait bien les Hartwell, elle a travaillé toute sa vie pour eux. D'ailleurs c'est drôle, mais rien qu'en prononçant son nom j'ai une faim de loup, dit-il en mettant sa main sur son estomac.

- Sawyer cela ne m'étonne pas de toi, s'esclaffa Meg. Mais quel gourmand !

- Pense à la prévenir de notre arrivée, tu sais comme elle aime faire de la pâtisserie pour ses invités, insista-t-il en faisant une grimace.

- Mais bien sûr ! C'est juste pour elle, n'est-ce pas ?

- Eh ! Je me sacrifie, c'est important de lui montrer qu'on apprécie son talent, franchement tu es injuste Meg, dit-il en prenant un air implorant.

Les autres pouffèrent de rire en le regardant faire.

- Alors rentrons prendre une bonne douche, nous irons la voir dans la matinée, précisa Jared qui caressait toujours ce brave Slurp.

Sam à ses côtés le regardait avec bienveillance.

- Je veux venir ! Exigea Tyler les mâchoires serrées sous l'effet de la colère.

Sawyer secoua la tête voulant l'en dissuader, mais sa tante mit sa main sur son bras.

- Je crois qu'il en a besoin, c'est important pour lui, le supplia-t-elle.

Sawyer pesta entre ses lèvres, il craignait la réaction du petit, qui se sentait déjà assez coupable comme ça.

- Alors écoute-moi bien. Tu viens à une seule condition, que tu comprennes bien que tous ces évènements n'ont rien à voir avec toi. Ils auraient eu lieu de toute façon. Tu m'as bien entendu, n'en fais pas une affaire personnelle, cela te rongera le cœur inutilement.

Tyler hocha la tête, après quelques secondes de réflexion.

Une fois de retour au ranch, Sawyer décida de s'accorder une longue douche réparatrice. Sous le jet puissant il laissa son esprit vagabonder. Qu'allaient-ils découvrir ? Edna leur apporterait-elle des réponses ? Qui se cachait derrière la T.H.E.M ? Sûrement le sénateur, mais encore fallait-il le prouver.

Ils se retrouvèrent devant les véhicules. Jared avait sur ses genoux son nouvel ami. Sawyer ne put s'empêcher de le taquiner.

- Tu sais, j'ai lu dernièrement qu'un chien ressemblait à son maître physiquement et mentalement. C'est vrai, regarde Sam, très beau élancé, un regard pétillant d'intelligence, rapide, efficace c'est tout moi. Tu es sûr de vouloir garder cette petite chose baveuse ?

Jared pouffa de rire.

- Eh ! Je croyais que tu avais dit que Sam n'avait pas de maître, qu'il appartenait à tout le monde, comme Slurp. Ce sera notre petit compagnon à tous et tu sais, plus je le regarde plus je trouve de ressemblances avec toi c'est ce qu'on appelle le mimétisme.

Sawyer donna une tape sur l'épaule de son ami. Dans le fond il aimait bien ce drôle de petit chien qui méritait aussi une seconde chance. Sa tante se dirigea vers eux avec détermination.

- Bon vous êtes prêts ? Sawyer file chercher Cassie avec Tyler et Sam. Je prends ma voiture Jared peut y monter tout seul, il y arrive parfaitement, nous vous rejoindrons chez Edna.

Tyler était anxieux, Sawyer l'observait furtivement tout en conduisant, il n'arrêtait pas de se mordiller les lèvres et de se ronger les ongles.

- Eh ! Tu as fini là. Quand on va arriver chez Edna, ma voiture sera pleine de rognures d'ongles et tu n'auras plus de lèvres à force de te les manger, elle va te prendre pour un mort vivant. Déjà qu'elle voyait des lucioles géantes, tu vas l'effrayer.

Tyler le regarda stupéfait, puis devint cramoisi, il grimaça.

- Oh ! Désolé Sawyer j'appréhende un peu. Je pensais à ce que m'avait dit un jour Jared sur les moments clés, tu connais ?

Sawyer sourit en y repensant.

- Bien sûr que je connais, cela en est sûrement un, tu as raison. Mais ça ne veut pas dire que ce sera mauvais, juste que cela changera ta vie. De toute façon Tyler on est tous avec toi. Quoi qu'on apprenne, nous serons à tes côtés. Ok mon grand ?

Tyler lui offrit un vrai sourire, Sawyer avait raison il n'était pas seul il savait qu'il pouvait compter sur ses amis.

Edna les attendait, Cassie lui avait téléphoné pour lui raconter les évènements de la nuit.

- C'est le pauvre petit chien ? Demanda-t-elle en caressant Slurp toujours lové sur les genoux de Jared.

Elle se pencha un peu trop près, et ce petit malin lui fit une énorme léchouille sur le visage, faisant éclater de rire tout le monde.

Edna se redressa surprise d'un tel accueil, elle joignit son rire à celui de ses invités, mais s'arrêta net, en posant son regard sur Tyler. Elle fronça les sourcils.

Cassie lui prit le bras l'incitant à rentrer, elle avait hâte d'en savoir un peu plus sur la fameuse famille Hartwell.

Une fois tous installés dans le salon, Jared prit la parole.

- Comme vous le savez nous avons de gros problèmes depuis notre petite enquête sur le terrain d'à côté je…

- Je m'en veux terriblement, je n'aurais rien dû vous dire, insista d'un air désolé cette pauvre Edna.

- Au contraire c'est hyper important, intervint Tyler avec détermination.

Edna le regard de nouveau avec insistance.

- Qui es-tu mon garçon ?

Cette question avait toujours mis mal à l'aise Tyler, il y avait des blancs dans sa vie. Cela lui donnait l'impression d'être différent, inférieur, un enfant rejeté, un moins que rien. Comment répondre, quand on ne sait pas soi-même qui on est ? Il ouvrit la bouche mais Sawyer, répliqua en souriant.

- Il est de notre famille.

Ces quelques mots réchauffèrent le cœur de Tyler, qui lui retourna un regard empreint de gratitude. C'est vrai qu'avec eux il se sentait enfin complet, il faisait partie d'une famille atypique mais pleine de cœur, d'attention, on se soutenait.

Cassie tapa dans ses mains, pour reconcentrer tout son petit monde.

- Edna avez-vous déjà entendu parler de la T.H.E.M ?

- Non pas que je sache. Ce nom ne me dit rien, dit-elle pensivement.

- Que savez-vous des Hartwell ? Racontez-nous un peu quel genre de personnes ils étaient ?

Edna se mit à sourire, cela représentait toute sa vie.

- J'adorais travailler pour le vieux Josh Hartwell comme je vous le disais l'autre jour, il avait un grand cœur, pas comme son fils un sacré fainéant décédé prématurément à l'âge de quarante ans. Quant à son petit-fils, vous savez le fameux sénateur, il ne vaut pas mieux. Celui-là quel bon à rien, risque pas que je vote pour lui. Ah ! Ça non.

- Pourquoi ? Insista Cassie en voyant l'air renfrogné d'Edna.

- Il a causé la mort de son grand-père ce voyou.

- Quoi ? Il n'est pas mort de vieillesse, il l'a tué ?

- Hum ! C'est tout comme, affirma Edna. La veille de sa mort il y a eu une terrible dispute entre le grand-père et le petit fils.

- À quel sujet ?

Edna se pencha en avant en plissant les yeux.

- La femme de chambre m'a racontée avoir entendu le grand-père lui reprocher d'en avoir mis encore une enceinte, de salir le nom des Hartwell, et que cette fois-ci, il voulait le renier définitivement, le déshériter. Cela devait être important, car la première fois il lui avait pardonné. Le lendemain le pauvre homme faisait un AVC, il en est mort.

- Oh ! Oh ! Oh ! Comment ça encore une ? De quoi parlait-il ? Interrogea Jared.

- Lorsque qu'il était étudiant, il avait mis enceinte une jeune femme. Sous la pression du grand-père, il a dû l'épouser mais…

- C'était la mère de Dean ? La coupa Meg.

- Exactement ! Cela n'a jamais été un bon couple, tout le monde savait qu'il la trompait, mais l'honneur était sauf, et surtout le petit avait le nom des Hartwell, c'était important pour le grand-père. Oh ! Mais cette tête de mule pour montrer sa rébellion a changé son prénom à l'université. Une façon de rejeter son grand-père qui l'avait pourtant élevé, je sais que cela l'a beaucoup touché ce pauvre homme, il en a enduré des méchancetés.

- Comment ça il a changé de prénom ? Demanda Cassie interloquée.

- Oui comme dans beaucoup de grandes familles, il portait le prénom de son grand-père c'était Josh Hartwell junior. À l'université il a pris son second prénom Ted.

- Quoi ! S'exclamèrent en chœur tous les convives.

Jared se tourna vers Sawyer.

- J- H.

- Quoi ? Tu crois que… Tyler s'interrompit brusquement, incapable d'assimiler une telle révélation.

Meg se leva.

- Vous permettez que je regarde les photos des repas chez les Hartwell ? Demanda-t-elle à Edna.

Celle-ci opina de la tête, observant avec attention les réactions de Meg. Cassie la rejoignit et les deux femmes poussèrent un cri de stupéfaction. Cassie décrocha une photo et la déposa au centre de la table.

- Qui est-ce ? Demanda-t-elle en pointant le visage d'un jeune homme.

- Josh Hartwell junior. Là c'était juste avant d'aller à l'université il… Oh ! Bon sang ! Elle releva la tête fixant avec attention Tyler.

- Mais qui es-tu ?

Jared et Sawyer étaient muets de stupeur. Tyler était le portrait craché de Josh Hartwell Junior.

- Je ne comprends plus rien, gémit Cassie.

Jared commença à raconter la vie de Tyler, leurs recherches pour retrouver sa mère, en cachant volontairement son identité, il préférait attendre d'en savoir plus. Edna écoutait attentivement, hochant de temps en temps la tête ne quittant pas des yeux Tyler.

- En quelle année es-tu né ? Interrogea-t-elle doucement.

- En deux mille-trois, précisa Tyler en se mordillant les lèvres, en septembre.

- Hum ! Le vieux monsieur Hartwell est mort en avril de la même année. C'est étrange ces coïncidences.

Jared mit sa main sur le bras d'Edna.

- Que savez-vous sur ce scandale ? Il devait bien y avoir des rumeurs. Je suppose qu'après la mort du vieux monsieur, certaines langues se sont déliées.

Edna fronça les sourcils, en mettant son index sur sa bouche.

- C'est vrai, qu'on a entendu beaucoup de choses, maintenant que vous le dites. On parlait d'un énorme scandale vu son âge. N'oublions pas qu'à cette époque, la mère de Dean souffrait d'une longue maladie. Ted avait trente- sept ans, Oh ! Ce n'était pas le premier coup de griffe à son contrat de mariage. Comme par hasard, quand il a commencé à s'intéresser à la politique il s'est racheté une conduite. Il a épousé cette jeune femme de notre ville d'ailleurs. Bon sang ! Ce serait elle ta mère ?

Tyler hocha la tête tristement.

- Tout colle, affirma Jared en se frottant le menton. Imaginons que notre cher sénateur Ted Hartwell avait une aventure avec une jeune lycéenne, vous imaginez le scandale ? Cela a dû tellement choquer le vieux monsieur Hartwell qu'il en a fait un AVC.

- Mais c'est impossible j'ai fait des recherches, ma mère a épousé le sénateur sept ans plus tard. Elle avait vingt-trois ans et lui quarante-quatre. De plus, lorsque je me suis présenté il me l'aurait dit qu'il était mon père ? Il n'avait pas l'air content d'ailleurs, conclut-il doucement attristé par ce souvenir.

- Exact ! Affirma avec conviction Cassie. Tu te rappelles Sawyer, il s'est même mis en colère quand il a appris pour la chevalière avec les initiales. Je ne comprenais pas sur le coup. Maintenant cela prend tout son sens. Il n'a pas apprécié de savoir qu'elle avait laissé une telle preuve dans les affaires de Tyler.

- Mais pourquoi ? On ne risquait pas de remonter jusqu'à lui, vu qu'il a changé son prénom et pourquoi refuser de reconnaître qu'il était mon père ? Il a pourtant accepté de m'inclure dans sa famille, il voulait me présenter publiquement. Je ne comprends plus rien, gémit Tyler en se prenant la tête entre ses mains.

Meg s'approcha doucement de lui, et mit son bras autour de ses épaules.

- Il faut savoir précisa Edna que la chevalière était importante, elle représentait le pouvoir et la puissance des Hartwell. Chaque fils en recevait une lors de son entrée à l'université, celle de Ted lui venait de son grand-père, puisqu'ils avaient le même prénom. C'est une preuve indiscutable, on la retrouve sur les portraits du grand-père.

- Mais pourquoi l'avoir laissée avec les affaires de Tyler ? Reprit Meg.

- Emma était jeune, mais c'était aussi une maman, elle aura voulu inconsciemment laisser une trace de son papa avec lui, sans se rendre compte de la portée de ce geste. Je suppose que son amant lui avait offert en gage d'amour, une preuve d'attachement peut-être. Cette chevalière était symbolique, même si son prénom avait changé, suggéra Cassie.

Sawyer jura en pestant, attirant l'attention sur lui.

- Je comprends mieux. Cette ordure couchait avec une jeune ado pendant que sa femme luttait contre la maladie, quelle honte ! On sait que sa femme est restée malade plusieurs années. Il aura attendu tout ce temps, en poursuivant sa liaison. Il avait des ambitions politiques, il voulait mettre en avant la famille, l'importance qu'elle avait pour lui. Il se servait de sa femme mourante pour montrer son dévouement. Si on avait su qu'à l'âge de trente-sept ans il avait mis une jeune fille de quinze ans enceinte, cela aurait ruiné ses projets, sa carrière. Terminé le politiquement correct, quel scandale ! Fulmina-t-il.

Cassie s'approcha, fixant Tyler avec douceur.

- Quand nous avons rencontré le sénateur quelque chose me semblait familier, j'ai cru que c'était parce qu'on le connaissait, car c'est un homme public qu'on voit partout. Je me trompais, c'est son regard que je connaissais, tu as le même Tyler.

Tyler mit ses mains devant ses yeux comme pour se cacher, il se sentait honteux malgré lui.

- Eh ! Mon grand, qu'est-ce que je t'avais dit ? Quoi qu'on apprenne, on sera à tes côtés. Peu importe qui sont tes parents, tu es toi ! Tyler, un être à part. C'est ton parcours qui a fait de toi, la belle personne que tu es. Eux, ce sont juste des géniteurs. Chacun trace sa route, et tu t'en sors très bien, nous sommes tous fiers de toi, affirma Sawyer en mettant sa main sur son épaule.

- Ça alors, je n'en reviens pas, affirma encore sous le choc Meg.

Cassie se pencha vers Edna.

- Vous comprenez bien l'importance de garder le secret. Ils sont capables de tout, la preuve dit-elle en montrant Slurp qui dormait sur les genoux de Jared.

Edna hocha la tête en se pinçant les lèvres.

- Motus et bouche cousue. Je vous promets que rien ne sortira de cette pièce. Je n'ai pas envie qu'ils viennent mettre le feu à ma maison, ou s'en prennent à mon Nestor. Mais promettez- moi une chose, réglez le compte à cette bande de voyous, pour le vieux monsieur Hartwell, que justice soit faite. Quant à toi mon garçon, murmura Edna en mettant ses mains sur les bras de Tyler, sois fier de toi, tu ressembles beaucoup plus à ton arrière-grand-père, un homme honnête, d'une grande gentillesse. Il t'aurait beaucoup aimé, j'en suis certaine. Toi, tu es un vrai Hartwell.

Elle mit sa main sur sa joue. Puis se tourna vers les autres.

- Le vieux monsieur Hartwell n'aurait pas aimé qu'on salisse ainsi son nom, faites le nécessaire. Il faut stopper les manigances de ces voyous.

- Nous nous y emploierons Edna, je vous le promets, affirma Cassie en l'embrassant tendrement.

Ils repartirent en silence, chacun repensant aux dernières découvertes. De retour au ranch ils se retrouvèrent à l'ombre de l'arbre autour d'une table.

- Waouh ! Si je m'attendais à ça, murmura Cassie toujours sous le choc des révélations.

Tyler restait silencieux la tête baissée, Sam s'approcha doucement et posa sa truffe sur sa cuisse en gémissant, quémandant une caresse.

- Qu'est-ce qu'il y a mon grand ? Demanda Meg en se tournant vers Tyler.

- J'ai l'impression d'avoir été abandonné deux fois.

Sawyer se mordit les lèvres, pour le petit c'était vraiment dur à encaisser.

- Comment ça ? Insista-t-il.

- Ils m'ont rejeté une première fois à ma naissance, et là mon père me reniait encore devant ma mère. Ils ont osé me mentir en me regardant dans les yeux, tu te rends compte ?

- Oui, mais elle était gênée quand même, reprit Cassie qui voulait alléger sa peine.

- Elle n'a rien dit ! Elle ne l'a pas contredit une seule fois ! Hurla Tyler blême de colère. Ils m'ont même affirmé que c'était juste un… un… coup d'un soir. Il essuya les larmes qui coulaient sur ses joues. Je… j'étais un obstacle dans leurs projets, le grain de sable qui gâche tout.

- Eh ! Ça ne va pas, tu n'es pas un grain de sable, le coupa Sawyer. Écoute on n'a pas toujours les parents qu'on mérite, j'en sais quelque chose, mais cela ne doit pas t'empêcher d'avancer, de te construire. Certains abandonnent leurs enfants par amour, pour que leur vie soit plus belle, d'autres parce qu'ils n'ont pas la fibre parentale, mais peu importe Tyler c'est ta vie, elle sera ce que tu veux en faire, et nous serons avec toi. On… on t'aime. Pour Meg tu es comme son fils, pour Cassie Jared et moi tu es le petit frère.

Tyler se redressa et se jeta en sanglotant dans les bras d'un Sawyer embarrassé. L'expression des sentiments le mettait toujours mal à l'aise, mais Tyler souffrait dans sa chair et son âme. Meg et Cassie vinrent mettre leurs bras autour d'eux.

- Mon cœur y est aussi, affirma moqueur Jared, vous m'excuserez de ne pas me lever.

Ils se regardèrent tous très émus et se mirent à rire.

Sam aboya joyeusement en tournant autour d'eux voulant participer à sa manière à ce câlin collectif.

- Bon ! Reprit Jared avec sérieux qu'allons-nous faire, et pour la T.H.E.M nous ne savons toujours pas quel est le lien avec la Hartwell Company ?

- Attendez une minute, précisa Meg en courant vers la maison.

Elle en revint munie du dossier que Tyler avait monté sur les Hartwell.

- Tout doit être là, il faut juste réfléchir. Ces gens sont des égoïstes de première. Tout est marqué de leur sceau, comme avec la chevalière. Ils se croient au-dessus des lois, ils ont forcément laissé des indices, affirma-t-elle en posant ses mains sur le dossier.

Cassie commença à relire tous les documents, puis les passa à ses amis.

- Bingo ! J'ai trouvé hurla Jared en souriant. Regardez T.H.E.M pour Ted Hartwell et Emma Morten. Ils ont associé leurs initiales. Maintenant il faut trouver qui dirige vraiment la T.H.E.M ?

- J'ai une idée, affirma Tyler en prenant son ordinateur portable. Si on considère que ma mère était au courant de tout, on peut supposer que son rôle est plus actif qu'on ne l'imaginait.

- Comment ça ? Interrogea incrédule Sawyer.

- Il a raison, reprit Cassie en se penchant sur l'épaule de Tyler. C'est là regarde ! Il est précisé que la dirigeante n'est autre qu'Emma Morten, elle utilise son nom de jeune fille, et voilà la boucle est bouclée. On la voit même présider une réunion sur cette photo. Je… Oh ! Je suis vraiment désolée Tyler.

Celui-ci restait impassible, fixant la photo avec attention.

- Donc il se servait de cette société écran pour faire disparaître tous leurs déchets à moindre coût, et quoi de mieux que d'utiliser la banque Hartwell qui connaît parfaitement la région, et tient tout le monde dans le creux de sa main. Avec la T.H.E.M, personne ne pouvait faire le lien avec la Hartwell Company. C'était le plan parfait, pas d'ingérence extérieure, il faisait cela en famille, remarqua Jared stupéfait. Il va falloir les dénoncer, mais si nous prévenons le shérif, nous risquons de voir l'affaire étouffée, disparaître comme ces déchets.

Meg se tourna vers Tyler.

- Ce n'est pas demain que tu dois retourner chez les Hartwell ?

Tyler crispa les mâchoires.

- Demain je le passe en famille. S'il vous plait, accordez-moi juste vingt-quatre heures. C'est le délai que le shérif nous a donné.

Ils se regardèrent tous avec étonnement. Tyler voulait-il en parler directement avec ses parents ?

- Attention petit ! Ils sont dangereux, nous ne savons pas comment ils réagiront, s'inquiéta Sawyer.

- Fais-moi confiance s'il te plait, murmura Tyler qui s'éloigna d'un pas triste vers le ranch.

- Et dire que je croyais que mon père était le dernier des derniers, j'ai trouvé pire au final, pauvre gosse, soupira Sawyer.

- Justement Sawyer, reprit Meg en croisant les bras sur sa poitrine, tu ne crois pas qu'il faudrait que tu ailles voir au moins une fois ton père en prison pour régler cette vieille histoire, comprendre pourquoi il t'avait dénoncé à sa place ? Nous avons tous, même Tyler réussi à nous débarrasser de nos boulets aux pieds, mais toi tu traînes toujours le tien.

- Je n'ai pas de boulet aux pieds. Je n'ai aucun compte à solder avec mon père, c'est terminé depuis bien longtemps, bougonna Sawyer morose.

- Menteur ! Affirma avec un sourire en coin Jared. Tu as peur de faire face à la vérité. Regarde le petit, lui n'hésite pas à confronter ses parents, il est temps que tu te débarrasses de ton passé. Tu te crois inférieur à tout le monde, entaché définitivement par tes années de prison, mais tu ne les méritais pas. Tu vaux autant que chacun d'entre nous.

- Même plus ! Intervint Cassie en le regardant tendrement. Tu as été là pour nous à chaque fois que nous en avions besoin. Tu es un homme bon Sawyer, il faut juste t'en persuader, car nous on le sait depuis longtemps.

Sawyer se mordilla les lèvres, une terrible douleur lui oppressa la poitrine, ils avaient raison. Cette vieille histoire le hantait depuis toujours. Même s'il savait qu'il était quelqu'un de bien, au fond de lui il restait ce jeune ado trahi comme Tyler par la personne qui aurait dû le protéger au péril de sa vie. Il ressentait au fond de lui une colère permanente, mélangée à un chagrin incommensurable. Ces sentiments noircissaient son cœur. Comme le gosse, il avait peur d'avoir hérité quelque part d'un gène défectueux, de ressembler à leurs parents. Ils avaient sûrement raison, il était temps d'avancer. Il voulait jouir d'un futur sans nuage.

Il regarda ses amis, les yeux embués devant leur affection sincère. Ah non ! Il n'allait pas comme Tyler se mettre à pleurer en recherchant un câlin collectif, quoi que... Il pouffa de rire.

- On vous a jamais dit que vous étiez bien trop curieux ? Il soupira longuement. Je m'en occuperai après, finissons-en d'abord avec les Hartwell.

Il décida de partir travailler pour se changer les idées laissant ses amis autour de la table mais il sentait leurs regards dans son dos.

CHAPITRE XIII

Le lendemain matin, Sawyer salua Meg et Jared qui se tenaient sur la terrasse. Il était parti travailler de bonne heure pour rattraper son retard. Il s'essuya le front, la chaleur était déjà intense. Ses deux amis ne remarquèrent même pas sa présence, semblant absorbés dans une grande discussion.

- Eh bien ! Quel est le sujet du jour ? Demanda-t-il en souriant.

En voyant Meg rougir d'embarras, il fronça les sourcils. Sa tante n'était jamais prise de court, bien au contraire, mais là, pas de répartie, pas de sourire en coin, non juste une gêne.

- Il y a un problème ? C'est le petit, il est déjà parti ?

- Oh ! Euh ! Non pas que je sache, répondit machinalement sa tante qui ne quittait pas des yeux Jared.

- Alors c'est quoi ? Ne me dites pas qu'on a encore une énigme à régler ?

- La ferme Sawyer ! Répliquèrent en chœur Meg et Jared.

Il ouvrit grand la bouche de surprise prêt à rétorquer, quand Tyler fit son apparition avec un immense sourire placardé sur son visage.

- Tu n'es pas encore parti ? Demanda-t-il en se tournant vers lui.

- J'ai juste dit que je passerai cette journée avec ma famille, c'est tout ! Murmura-t-il avec un air mystérieux.

- Mais qu'est-ce que vous avez tous ce matin ? Bougonna Sawyer qui ne comprenait plus rien.

- Venez voir les infos ! Je suis certain que vous apprécierez, suggéra Tyler en souriant.

Au même moment la voiture de Cassie arriva en trombe, se garant juste devant eux. Elle en sortit tout échevelée, son regard pétillait de bonheur.

- Je n'en crois pas mes yeux ! Vous avez vu ?

Sawyer les observa en fronçant les sourcils. Qu'est-ce qu'ils avaient tous aujourd'hui ? Était-il le seul à avoir été épargné par cette drôle d'épidémie qui leur faisait perdre la tête. Avant même qu'il réagisse, il sentit qu'on le poussait vers le salon où la télé était allumée.

Un présentateur parlait d'un scandale retentissant touchant un sénateur et sa famille les impliquant dans un écocide, un crime environnemental. Sawyer entendit les mots déchets, enfouissement illégal et le nom de Woodway fut prononcé. Son cerveau avait du mal à enregistrer toutes les informations. Il regarda ses amis, tous étaient sous le choc, seul Tyler souriait.

- Mais... mais... mais que s'est-il passé ? Demanda Meg ébahie par l'annonce du présentateur.

- Tyler c'est toi ? Interrogea Cassie en se tournant vers lui.

Jared aussi semblait sous le choc. Sawyer se laissa tomber lourdement sur un fauteuil, ne comprenant plus rien.

- J'ai suivi vos conseils, affirma Tyler pour les rassurer.

- Mais ... lesquels ? Reprit Sawyer en réfléchissant à toute vitesse. Qu'avait-il dit, qui ait pu pousser Tyler à agir ? Et surtout qu'avait-il fait ?

Cassie mit ses mains sur ses joues, prit une grande respiration comme pour se donner du courage.

- Qu'as-tu fait Tyler ? Tu risques d'avoir de gros ennuis ?

- Pas du tout. Hier vous aviez peur qu'en en parlant au shérif cette histoire soit étouffée, vous vous rappelez ?

- Oui et alors ? Le coupa Jared en plissant les yeux.

- L'ordi ça me connait, alors j'ai contacté des réseaux de lanceurs d'alerte, de façon anonyme, en faisant bien attention de ne pas pouvoir être retracé. Je leur ai expliqué la situation, je leur ai donné toutes les infos, les preuves et les photos. Ils ont inondé tous les réseaux sociaux en même temps, ainsi que les principales chaînes d'infos, comme ça impossible de bloquer les preuves. La puissance et le pouvoir des Hartwell ne pouvaient rien faire. Ils sont en train de fouiller les bureaux de la T.H.E.M et de la H-C en ce moment même, affirma-t-il avec fierté.

- Tu te rends compte que tu as dénoncé ta famille ? Tu crois que tu arriveras à vivre avec ça ? Tu aurais dû nous laisser gérer cela, pour t'éviter ce poids sur le cœur Tyler, murmura Sawyer en mettant sa main sur son bras, et je croyais que tu devais passer le week-end avec eux ? On pensait que tu voulais leur parler ?

Tyler les regarda en souriant.

- Tout va bien, ne vous inquiétez pas, je leur ai parlé hier par Skype. Je voulais leur accorder le bénéfice du doute, mais une seule chose leur importait, préserver leur réputation et leurs biens. Ils ont même voulu m'acheter, dit-il en faisant une grimace de dégoût, vous imaginez. Il secoua la tête, ils n'en avaient rien à faire de moi, ils n'en avaient jamais rien eu à faire… même elle. Leurs regards ne mentaient pas. Il essuya furtivement une larme de rage.

- Donc tu as changé d'avis, tu ne voulais plus y aller, et tu as décidé de les dénoncer ? Interrogea Meg

- J'ai toujours dit que je passerai cette journée en famille, vous êtes ma famille, je crois que je l'ai toujours su au fond de mon cœur. Cette histoire m'a permis de le comprendre.

Meg, Cassie et Sawyer s'approchèrent de lui en l'enlaçant. Sawyer passa sa main dans ses cheveux. Il était fier du gosse.

- Ohé ! Cela va devenir une habitude, moi aussi je veux un câlin, répliqua Jared les yeux embués d'émotion.

Ils pouffèrent de rire et se penchèrent tous sur lui, formant ainsi un groupe uni, une famille atypique. Sam aboya joyeusement à leurs côtés.

Meg se redressa émue.

- Le petit ne risque pas d'ennuis Cassie ?

- J'ai fait très attention, répondit Tyler et les Hartwell ne diront rien. Je leur ai dit que s'ils parlaient de moi, je révélerais un autre scandale encore plus retentissant, celui de ma naissance.

- Mais, c'est qu'il est diabolique ce jeune, nous avons créé un monstre, s'esclaffa Jared en le regardant.

Le téléphone sonna et Meg décrocha en souriant, elle répondit brièvement et se tourna vers Tyler.

- C'était Edna, elle a dit textuellement, bravo champion ! Tu es digne d'être un vrai Hartwell, pas comme ces bons à rien. Ton arrière-grand-père aurait été fier de l'homme que tu es, foi d'Edna !

Sawyer donna une accolade à Tyler qui rosit de plaisir.

Les jours suivants ils durent éteindre la télé, le scandale tournait en boucle sur toutes les chaines. Des langues se déliaient, cela prenait une ampleur incontrôlable. Tyler lui semblait plus apaisé. Meg le regarda s'éloigner en sifflotant.

- Sacré gamin ! Dit-elle à Sawyer qui se tenait à ses côtés.

- Hum ! Au fait pourrais-tu t'occuper de Sam ? Je dois m'absenter demain toute la journée. Je rentrerai le soir très tard.

Sa tante l'observa en haussant les sourcils, attendant la suite.

- Euh ! Bon ça va ! Tu as raison comme d'habitude.

Elle éclata de rire, ses yeux bleus pétillaient de malice.

- N'en rajoute pas Meg ! Il souffla, puis reprit plus sérieusement. Je vais rendre une visite à mon père en prison. J'ai un vol à la première heure demain matin.

Meg poussa un petit cri et se jeta dans ses bras.

- Bravo ! Il était temps que tu tournes définitivement cette page. Tu le sais une histoire doit toujours avoir une fin, pour pouvoir passer à autre chose. Elle était suspendue depuis bien trop longtemps au-dessus de ta tête. Bien sûr ! Que je m'occuperai de Sam.

Puis elle le regarda avec beaucoup d'attention.

- Ne le laisse pas t'amadouer Sawyer tu le connais, tu y vas juste pour avoir des réponses.

- Tu crois sincèrement que je me montrerai plus faible que Tyler. Si lui a réussi à affronter un sénateur et toute sa famille, je pense pouvoir être à la hauteur, non mais ! Conclut-il en souriant. En plus vous aviez tous raison, j'ai des projets, je veux m'y consacrer entièrement.

- Quoi ? Quels projets ? Le coupa Meg impatiente d'en apprendre plus.

Il éclata de rire en s'éloignant doucement.

- Sawyer Colton tu reviens immédiatement ! Tu n'as pas le droit de me laisser comme ça, sans savoir de quoi tu parles.

- Patience Meg, patience ! Répondit-il en se retournant légèrement, le regard malicieux.

- Sale gosse ! Hurla-t-elle en mettant les mains sur les hanches.

- Après qui en as-tu ainsi ? Demanda Jared en s'approchant d'elle.

- C'est la faute à Sawyer, il va voir son père en prison pour avoir enfin des réponses, et il m'a dit qu'il avait de grands projets, sans vouloir me dire lesquels, tu te rends compte ?

- Oh ! Et toi petite cachotière tu lui dis-tout ? Interrogea-t-il en lui prenant la main.

- Moi … c'est différent.

Jared pouffa de rire.

ÉPILOGUE

Le surlendemain matin, c'est un Sawyer tout joyeux qui se gara devant le porche. Sam se précipita pour lui sauter dessus, heureux de retrouver son ami. Il éclata de rire, le caressa en essayant de le calmer, car il était encore très tôt. Il ne voulait surtout pas réveiller tout le monde.

Il entendit du bruit en provenance de la maison de Jared, Sawyer se retourna prêt à le saluer, mais c'est sa tante qui se tenait devant la porte d'un air gêné, tout échevelée. Il fronça les sourcils puis regarda Jared qui se tenait à ses côtés, torse nu.

- Euh ! Il se passe quoi là ! Interrogea-t-il incrédule, son regard allant de l'un à l'autre.

Sa tante se mordilla les lèvres en baissant son regard, Jared s'approcha et prit sa main dans les siennes.

- Nous voulions t'en parler Sawyer, mais nous attendions que toute cette histoire soit réglée.

- Me parler de quoi ? Insista Sawyer ne quittant pas des yeux leurs mains entrelacées. Attendez ! Vous ne voulez pas me dire que… vous deux… Non c'est impossible ! Meg réponds-moi s'il te plait ?

Meg releva doucement la tête d'un air si triste que Sawyer sentit son ventre se nouer.

- Je sais que cela peut paraître ridicule, je suis bien plus vieille que Jared mais…

- Et moi je suis handicapé ! Intervint Jared avec détermination.

Sawyer s'empourpra sous la colère.

- Mais cela n'a rien à voir bon sang ! Je m'en fiche de savoir que tu es plus vieille et lui en fauteuil roulant, c'est juste que… Pourquoi ne m'avoir rien dit ? Et depuis quand ?

- Oh ! Juste depuis quelques jours, je t'en aurais parlé dès ton retour, mais…enfin pas comme ça, murmura doucement Meg en souriant à Jared qui la regardait d'un air énamouré.

Sawyer se plia en deux, tapant ses mains sur ses cuisses.

- Alors ça ! C'est la meilleure, ma tante et toi. Dis donc, précisa-t-il en s'approchant pour les enlacer cela fait donc de toi mon… oncle.

Il éclata de rire en voyant les mines effarées de Meg et de Jared.

- Tu … Tu n'es pas fâché ? Insista Meg en le regardant avec attention.

Sawyer souleva sa tante dans ses bras, la faisant tournoyer dans les airs.

- Meg il est temps que tu sois heureuse à ton tour. Il ne pouvait pas trouver meilleure femme que toi. Bon d'accord ! Tu aurais pu espérer mieux, franchement Meg faire entrer un deuxième flic dans la famille.

Ils pouffèrent de rire, heureux de voir que tout s'arrangeait.

- Mais dis-donc, reprit sa tante tu aurais dû rentrer hier très tard non ? Cela s'est bien passé ? Tu n'es pas trop perturbé ?

- Eh ! Une question à la fois, venez ! Dit-il en prenant sa tante par l'épaule allons déjeuner, je vous raconterai tout.

Meg s'empressa dans la cuisine, déposant des assiettes bien garnies devant les deux hommes.

- Alors ? Bon sang ! Sawyer raconte.

Il sourit prit une bouchée qu'il mâcha avec lenteur, s'amusant devant l'impatience de Meg.

- C'est bon ! J'ai tiré un trait définitif. Le point final de cette histoire est posé Meg. Tu avais raison je me sens enfin libéré. Je n'avais pas conscience à quel point cela me pesait sur le cœur. Il a reconnu n'avoir jamais rien ressenti pour moi. Je suis comme il m'a dit, une naissance imprévue, il ne me voulait pas. Alors, quand l'occasion d'éviter la prison s'est présentée, il a pensé à moi. Je faisais le coupable idéal. Bon ! Il a quand même eu quelques remords, enfin c'est-ce qu'il a prétendu, mais son regard disait le contraire. Cette ordure m'a affirmé que vu mon jeune âge, je ne perdais pas grand-chose par rapport à lui, vous imaginez, précisa Sawyer en secouant la tête.

- Hum ! Cela ne m'étonne pas de lui, répliqua Meg en crispant les mâchoires. Il t'a interrogé sur ta vie ?

- Ouais ! Je lui ai dit que je vivais à Los Angeles, que je travaillais dans la confection des décors.

- La… confection des décors ! Reprirent en chœur Meg et Jared.

Sawyer esquissa un sourire.

- C'est tout ce qui m'est venu en tête, et dans le fond ce n'est pas si éloigné de mon métier, et Los Angeles, car c'est à des milliers de kilomètres de chez-nous. Je te l'ai dit Meg c'est un point final. Le pont est coupé définitivement.

Jared lui tapa dans le dos pour l'encourager.

- Et tu as raté ton vol hier au soir ? Continua Meg en croisant les bras.

Sawyer rougit, en se mordillant les lèvres. Après tout, tôt ou tard ils le sauraient.

- Non ! Hum ! Hum ! J'avais quelqu'un à voir. Je te l'avais dit, je voulais donner un nouveau départ à ma vie, réaliser mes projets.

- Ah ! Oui, lesquels ? Le coupa Meg avec enthousiasme, faisant rire Jared.

Sawyer passa sa langue sur ses lèvres devenues subitement sèches.

- Je … je suis allé voir Cassie.

- Cassie ? Pourquoi ? Insista Meg en plissant les yeux.

Sawyer soupira longuement, il avait l'impression d'avoir huit ans et de devoir se justifier d'une bêtise devant ses parents.

- J'ai… j'ai toujours beaucoup aimé Cassie, mais je me … sentais inférieur à elle. Tu comprends Meg, elle est si belle, si intelligente, moi je n'étais qu'un…

- Arrête avec ça, le coupa Meg furieuse. Tu es un homme génial Sawyer Colton. Attends ! Meg ouvrit de grands yeux en réalisant la situation, et poussa un cri en se jetant dans ses bras.

Sam qui ne comprenait rien, se mit à aboyer joyeusement en sautant sur Sawyer.

- Tu veux dire que toi et Cassie. Oh ! Je n'en crois pas mes oreilles. Tu te rends compte Jared, dit-elle en se tournant vers celui-ci.

Jared, souriait, il n'aurait pas pu espérer mieux pour son ami.

- Donc vous avez passé la nuit à…

- Chérie ! Intervint Jared, je crois que nous en savons suffisamment, tu ne crois pas.

Meg mit ses mains sur son cœur.

- Je voulais juste dire… discuter, c'est tout, dit-elle d'un air mutin.

Elle pouffa de rire.

- Ma meilleure amie et mon neveu, je ne pouvais rêver mieux. Mais pourquoi n'est-elle pas là ? On a beaucoup de choses à fêter.

- Hum ! Comme vous je suppose. On voulait attendre un peu. Cela fait de nous des…

- Idiots ! Précisa Tyler qui se tenait contre le chambranle de la porte, les yeux pétillants de bonheur. Alors Meg et Jared et Cassie et toi, mais c'est fou ! Dit-il en riant. Et moi je suis quoi au milieu de tout ça ? Demanda-t-il en fronçant les sourcils.

- Toi ? Tu es un sacré veinard, affirma Sawyer en lui donnant une tape sur l'épaule. Tu recherchais une famille et te voilà avec deux mamans et deux papas potentiels. Tu imagines, quand tu voudras quelque chose il te faudra l'accord de nous quatre.

Tyler ouvrit grand la bouche stupéfait par ces propos, ce qui fit rire tous ses amis, même Sam se mit à aboyer, le petit Slurp les regardant d'un air incrédule.

- Quatre parents ! Reprit Tyler toujours sous le choc.

- Eh ! Oui, insista Jared. Quand on fait un vœu dans la vie, il faut être prudent, le tien s'est réalisé au-delà de tes espérances.

Tyler se pencha vers Jared pour l'enlacer, il fut rejoint par Meg et Sawyer. Oui, la vie leur avait accordé une seconde chance qu'ils avaient tous su saisir pensa Sawyer. Tout ça grâce à un chien, mais pas n'importe lequel, Sam. De là-haut son ami Buddy devait être fier de lui, il leva les yeux au ciel en souriant.

FIN.